映画ノベライズ

ドールハウス

原案　矢口史靖
著者　夜馬裕

双葉文庫

目　次

序　章
Sadness —終わりのはじまり　5

第1章
Family —再生、あるいは幸せの輪郭　19

第2章
Soul —二人の娘、二つの魂　51

第3章
Fear —浸蝕される家族の絆　101

第4章
Evil —よこしまなるもの　145

第5章
Truth —真実は、夜よりも暗く　195

第6章
Godless —神無き島へ至る道　219

終　章
Daughter —愛娘へ捧ぐ　267

〈アナザーストーリー〉Pieces of Dollhouse　279

録音テープ —2021年4月　280
WEB記事 —2022年5月　304
配信動画 —2024年6月　310
手紙 —2021年6月　314

序章　Sadness　—終わりのはじまり

家の前でママ友たちがお喋りを楽しんでいる間、小さな子どもたちは道路で縄跳びをしたり、あたりを駆け回って楽しそうにはしゃいでいる。

普通なら「危ない」「やめなさい」と怒られそうなものだが、この場所に限ってそんなことを言う親はいない。


鈴木《すずき》佳恵《よしえ》と夫の忠彦《ただひこ》、そして五歳になる娘の芽衣《めい》が住んでいる家は、地元の不動産業者が造ったファミリー向けの住宅街にあり、道路の両脇には統一されたデザインの一軒家が建ち並んでいる。

このあたりは一番奥が行き止まりになる「コの字型」の道路が多く、どこも住人専用の私道なので、通り抜けする車がなく、外で子どもが遊んでも危なくないのだ。

ここは再開発で十年前に造成された住宅地で、住んで日の浅い人も多く、鈴木家のように幼い子どもを抱える家庭が大半だ。外で遊ぶ子どもの声をうるさいと怒る人はおらず、敷地が独立した住宅地なので治安もいい。

住人全員が見知った者同士ということもあり、子どものいる家は、昼間は玄関に鍵をかけることも少なく、子どもたちは互いの家を自由に行き来しながら遊んでいる。

まるでひと昔前の地方都市のような光景だが、実は東京都練馬区という、都会の真ん中に造られた住宅地である。

佳恵も移り住んだ当初は驚いたが、娘の芽衣が幼稚園の友達だけでなく、近所に住む同世代の子どもたちと楽しそうに遊ぶ姿を見るたびに、自分は恵まれた場所で子育てをしているのだと実感させられた。

ここでは住人同士の付き合いが深いので、「今日は○○ちゃんの家」というように、各家持ち回りで、同世代の子どもたちを預ったりもする。

今日は笹原さんの家で、優香ちゃんママが子どもたちの面倒をみる予定だったが、急用で役所へ行く用事ができたので、代わりに佳恵の家で、娘と仲良くしている同世代の女の子たちを預かることになってしまった。

どんなに可愛くても、他の家の子には気を遣《つか》う。

すでに佳恵の頭の中では、五人分のおやつが家にあっただろうか……という考えが巡っている。

「急にごめんね…明日はウチだから」

申し訳なさそうにしながら、急いだ様子で自転車にまたがる優香ちゃんママに、佳恵は笑顔で「うん、大丈夫、大丈夫」と返事をした。

「芽衣ちゃんママを困らせちゃダメよ」

「いい子にしててね」

「夕方には帰って来るのよ」

母親たちが口々に声をかけると、子どもたちは、「わかってるー」「はいはーい」と返事をしながら、芽衣を先頭にして元気に佳恵の家へ入って行く。

「ごめんね」「よろしく」と言うママ友たちに手を振ると、はしゃぐ子どもたちの後を追って佳恵は玄関をくぐった。

佳恵の心配は的中した。

キッチンの買い置きを確認すると、あるのはジュースがほんの少しだけで、おやつに出せそうなものはひとつもない。

他所《よそ》の家に預けると、美味しそうなケーキやお菓子をご馳走《ちそう》になることも多いので、急なこととはいえ、何もおやつを出さないというのは気が引ける。

佳恵は室内を駆け回る子どもたちの中から娘の芽衣を呼ぶと、

「ママはおやつを買ってくるから、うちの中で遊んでてね。外に行っちゃダメよ」

と留守番をお願いした。

そして、包丁やハサミを子どもの手が届かない棚にしまい、ガスの元栓を締めて、風呂場の浴槽に水がないことを確認する。よし、これで大丈夫。

佳恵は家を出て自転車に乗ると、近所のスーパーへ買い物に向かった。

＊　＊　＊　＊

子どもたちは、家の中を使って「かくれんぼ」をすることにした。

じゃんけんをして鬼を決めると、きゃあきゃあと騒ぎながら、子どもたちは家のあちこちへと散っていく。

のんびりしている芽衣は出遅れてしまったので、隠れやすそうな場所をのぞくと、すでに別の子が隠れていて、「あっちに行って」と追い払われてしまった。

クローゼットの中。ベッドの下。浴槽の中。みんな他の子が隠れている。

見つからない場所は、他にどこがあるだろう。

鬼役の子が「もーいーかい」と急かす声に、「まあだだよ」と返事をすると、芽衣は焦りながらきょろきょろと周囲を見回した。

＊　＊　＊　＊

自転車に乗ってスーパーへ向かう途中、佳恵はこの近くでは見かけない中年男性とすれ違った。年齢は四十代くらいだろうか。マスクをして、くたびれた上着を羽織り、何かを大量に詰め込んだ紙袋を両手にさげている。

背中を丸めながら、ハアハアと荒い息づかいで、ゆっくりと道路脇を歩いている。

男が家の方角へ向かうのを見て、佳恵は少しだけ不安な気持ちになった。

なにやら胸騒ぎがしてきた佳恵は、スーパーに着くと、お菓子やジュースを手早く選んで買い物カゴに放り入れ、レジの行列に並んだ。

早く帰宅したいのだが、運悪くレジはいつもより混んでいる。

すると佳恵の耳に、後ろに並ぶ奥様二人の会話が届いてきた。

「そうだ、聞いた？　昨日ここらに不審者が出たらしいわよ」

「あー、学校の連絡メール回ってきた。怖いよねぇ…」

不審者という言葉に、先ほど見た中年男性の怪しげな様子が重なった。

ますます落ち着かない気持ちになった佳恵は、スーパーを出ると急いで自転車に飛び乗ったが、こんな時に限って、帰り道の踏切で遮断機が下りてしまった。

カン、カン、カン、カン……　カン、カン、カン、カン……

近所にあるこの踏切は、特急、急行、準急、普通列車が入り交じるせいで、朝夕の時間帯は、開かずの踏切になってしまうのだ。

どうして、子どもだけを家に残して買い物に出てしまったんだろう。

佳恵の不安と苛立ちは、鳴り止まない警報音と共に大きくなるばかりであった。
ようやく帰宅した佳恵は、ホッとひと息つく間もなく、すぐに違和感を覚えた。
騒がしかった子どもたちの声が、家のどこからも聞こえてこないのだ。

「めいーっ　みんなーっ　どこー？」

家中を探し回ったが、子どもたちの姿はどこにもない。
もしかすると、別の子の家で遊んでいるのだろうか。
子どもたちは気まぐれだ。そういうこともたまにある。
もう用事は終わっただろうか。一番近くの優香ちゃんママの所から確かめてみよう。
佳恵は抑えきれない不安が胸の内に膨れあがるのを感じながら玄関から走り出ると、
正面にある笹原家のインターホンを押した。

「ああ、鈴木さん」

「すいません、優香ちゃんは…」

「うちでゴロゴロしてる」

「あの…芽衣はおじゃましていないですか？」

「えっ…？」


佳恵から連絡を受けて驚いたママ友たちは、子どもを連れて佳恵の家の前に集合すると、子どもたちから話を聞いて状況を確認し合った。

家の中でかくれんぼをしていたのだが、その途中で芽衣の姿が見当たらなくなってしまった。きっとママを探しに外へ出て行ったのだろうということになり、子どもたちはそれぞれの家へ帰ることにしたのだという。

ママ友の一人が、ご近所仲間のグループLINEに連絡を流してくれたが、すぐに返信があって、このあたりでは誰も芽衣の姿を見ていないという。

思ったより深刻な状況にママ友たちの顔色も変わり、「私この辺を探してきます」「私も…」などと、みんなで手分けして芽衣を探すことになった。

「大丈夫、すぐ見つかるから」と励まされても、佳恵の不安は募るばかりであった。

＊　＊　＊　＊　＊

鈴木忠彦は、東練馬総合病院で働く看護師だ。

男性で看護師をしていると驚かれることも多いが、実は同世代の男性の平均給与よりも稼げるうえに、女性が多い職場なので体力面で役に立てることも多く、さらにはキャリアアップもしやすいので、忠彦からすればお勧めの職業である。

そうした事情が少しずつ知られてきたのだろう、最近では男性の看護師もかなり増えてきた。

何よりも、人の役に立つ仕事がしたい、人に寄り添う仕事がしたい、そんな想いが人一倍強い忠彦にとって、看護師はまさに天職といえる職業であった。

恵まれた職場環境と、やりがいのある仕事。

美しい妻と、可愛い娘。

二十代の若さで手に入れたマイホーム。

いつまでも、幸せな日々が続くと思っていた。

その日、ナースステーションで、妻からの電話を受けるまでは。

佳恵から「芽衣が行方不明になった」という緊急の電話を受けた忠彦は、仕事を早退すると自転車に飛び乗って家路を急いだ。

自転車通勤できるほどの近さなのに、今日に限ってはもどかしいほど遠く感じる。

家の前に着くと、パトカーが停まっており、近所の人たちが心配そうに様子をうかがっている。

息を整える間もなく家へ駆け込むと、警察の事情聴取を終えた佳恵が、まさに調書へサインをするところであった。

忠彦が「芽衣は…?」と問いかけると、佳恵は暗い表情で首を横に振った。

「何かわかりましたら、すぐにご連絡します」

「よろしく…お願いします」

玄関で警察官を見送った忠彦は、芽衣の靴が転がっていることに気がついた。

靴もはかずに外へ出たなら、自分の意志とは考えにくい。

込み上げてくる不安を抑えながら、忠彦は娘の靴を綺麗にそろえ直した。

＊　＊　＊　＊

芽衣は、どこに行ってしまったのだろう。

かくれんぼをしている時、何か怖いことでも起きて、外へ逃げ出したのだろうか。

でも五歳の娘が行ける場所なんて、たかが知れているはずだ。

それなのに、近所の誰も見ていないし、いくら探しても見つからない。

もしかして、こっそり不審者が侵入して、娘を連れ去ってしまったのだろうか。

おかっぱの黒髪に、くりくりとした瞳。愛くるしい芽衣の笑顔が目に浮かぶ。

芽衣は私の宝物だ。あの子に何かあったら、私はきっと耐えられない。

キッチンに座りながら、佳恵がじっと考え込んでいると、忠彦がやって来て、お茶の入ったコップをテーブルにそっと置いてくれた。

こういう時、夫は本当に優しくてありがたい。

責めるようなことは決して言わず、気遣いながら寄り添ってくれる。

「ありがとう」と手を伸ばした佳恵は、つい手の甲でコップを倒してしまった。

白いテーブルクロスに、茶色い染みが広がっていく。

どうやら疲れ過ぎて、ぼーっとしてしまっているようだ。

忠彦は「大丈夫…？」と心配そうに佳恵のことを見つめている。

冷静になろうとはしているけれど、きっと大丈夫ではないのだろう。

こんな時に、余計な家事を増やす自分自身がイライラする。

佳恵は汚れたテーブルクロスを丸めて持つと、ため息をつきながら席を立ち、洗濯するために洗面所へと向かった。

洗面所に着いた佳恵は、脇に置いてあるドラム式洗濯機の蓋を開けると、テーブルクロスを中へ放り込んだ。ところが、蓋を閉めようとすると、なぜかテーブルクロスが外へはみ出してうまく閉まらない。

他に洗濯物は入っていないはずなのに、何かが邪魔をしているようだ。

佳恵は洗濯機の前にしゃがむと、テーブルクロスをよけて中をのぞき込んだ。

次の瞬間、佳恵は喉が裂けるほどの悲鳴を上げていた。

きゃあああああああああ――――

閑静《かんせい》な住宅街に、佳恵の絶叫が響き渡る。
わが子の遺体を目にした佳恵は、いつまでも叫び続けた。

第1章 — Family —再生、あるいは幸せの輪郭

窓の外から、マンションの中庭で遊ぶ子どもたちの声が聞こえてくる。

その楽しそうな声も、今の佳恵にとっては苦痛でしかない。

何も聞きたくない、感じたくない。佳恵は目の前の洗濯に意識を集中させた。

あれから、一年。

引っ越した先のマンションには、未だに洗濯機を設置していない。

洗濯物はすべて、洗面台で手洗いをしている。

前かがみの姿勢で何時間も洗うので、手は荒れて、腕は疲れ、足腰も痛くなるが、洗濯機を見るたびに、芽衣の最期を思い出すので、とても使うことができない。

できることなら、何も思い出さない場所で静かに暮らしたいのだが、夫の勤務先が東練馬総合病院なので、引っ越し先もやはり以前と同じ東京都の練馬区だ。

このマンションに移り住んで一年近く経つのに、まだ荷解《にほど》きしていない段ボールがあちこちに積んである。佳恵は家の中を片付けることすらできなかった。

何をする意欲もわいてこない。リビングに置いた芽衣の仏壇に手を合わせて、ごめんね、ごめんね、と泣いて謝るだけで、気がつけば一日が終わっている。

忠彦は、「君のせいじゃない」と佳恵のことを懸命に励ましながら、辛さや悲しみをぐっとこらえ、病院で人の死と向き合いながら、今も看護師として働いている。

そんな夫には申し訳ない気持ちになるが、佳恵の心には、芽衣を失った悲しみで大きな穴が空いてしまい、時が経っても胸の空虚さが埋まることはなかった。

＊＊＊＊

早番の仕事を終えた忠彦は、病棟の奥にある集団治療室のドアをそっと開けた。中では、心療内科医の竹内良子がグループセラピーを行っている。

今日は子どもを亡くした親たちのグループが対象なので、佳恵もセラピーに参加させてもらっている。

事前に竹内から許可を得ている忠彦は、参加者から離れた場所にそっと立った。

広い集団治療室では、竹内と患者が輪になって、椅子に座っていた。

子どもを亡くした一人の女性が、自身の気持ちを絞り出すように語っている。

「…子どものこと、思い出さない日はないんですが、いつまでも辛い顔をしていたらあの子に怒られちゃうんで、一日に一回は笑顔でいようと思います」

参加者の女性が語り終えると、参加者から静かな拍手が起きた。

竹内は東練馬総合病院の心療内科医で、精神を病んだ妻の担当医を務めている。四十代の女性で、穏やかで理知的な物腰は、患者だけでなく病院で働く同僚たちからも評判が良い。そんな竹内だからこそ、忠彦は信頼して妻をまかせることができた。

「それじゃあ、次は鈴木さん。無理なさらず、何か話したいことがあったら」

竹内が、佳恵のほうを向いて、柔らかい口調で語りかける。

「わた……し……わたし…洗濯機を…」

話そうとする佳恵が、苦しそうに言葉を詰まらせる。

「ゆっくりで、大丈夫ですよ」

「私が……古いタイプの洗濯機を、いつまでも買い替えなかったから…。

芽衣が…息ができなくて…うっ…うっ…ううう」

話すうちに限界を迎えた佳恵は、大粒の涙をこぼして泣きはじめてしまった。

そして、自分の腕に爪を立てると、跡が残るほど強く腕をかきむしった。

これは妻にとっての、ひとつの自傷行為のようで、自分を責めたり、精神が不安定になると出てくる症状だ。そのせいで、妻の腕の内側には、爪で引っかいた真っ赤な傷跡が無数に刻まれてしまっている。

忠彦は目線を送って竹内の許可を得ると、そのまま妻の側に寄り添い、爪を立てようとする手をやんわりと押さえながら、泣きじゃくる佳恵を無言で抱き締め続けた。

＊　＊　＊　＊

夫に早く先立たれた鈴木《すずき》敏子《としこ》は、女手ひとつで働きながら一人息子の忠彦を育てあげると、国立大学の看護学科まで卒業させた。

忠彦は人の気持ちに寄り添える優しく頼れる大人になり、総合病院で看護師として立派に働きはじめた。晩婚化などと言われるが、二十代前半で早々に結婚し、佳恵さんという笑顔の素敵な女性を妻に迎え、やがて可愛い初孫も生まれた。

これで息子のことは気にせずにのんびり暮らせると思った敏子は、仕事を辞めて、東京の郊外にある自身の生家に居を構えると、悠々自適の隠居生活を楽しんでいた。

ただそれも、あの悲惨な事故が、芽衣の命を奪うまでの話だが——。

数か月ぶりに訪れた息子夫婦のマンションは、廊下に未開封の段ボールが積まれたままで、まったく片付けが進んでいる様子はない。

息子から妻の精神状態が悪化していると聞いて、心配になって訪ねてみたのだが、あんなに朗らかでよく笑っていた佳恵が脱け殻のようになって、無表情なまま喋らず、ひたすらぼーっとしている様子を見ると、息子夫婦を襲った悲劇は今も終わっていないのだと実感させられ、敏子はひどく悲しい気持ちになった。

「旅行なんかも、してないんでしょ」

室内は埃《ほこり》っぽく、ろくに掃除もしていないのがわかる。

敏子の靴下の裏は、廊下を歩くだけで、埃と糸くずだらけになってしまった。

「お掃除ロボット、使ってないから持ってこようか」

家を見て回りながら、声をかけてみるのだが、佳恵からの返事は一切ない。

廊下を進んだところで、半開きのドアが目に入った。

敏子が何気なく中をのぞくと、そこには芽衣の子ども部屋にあった遺品が、所狭しと積み上げられていた。洋服、玩具、そして大量のぬいぐるみ。

きっと佳恵は、罪悪感を抱えながら、過去に囚われ続けているのだろう。

このままでは、息子夫婦は駄目になる。敏子は深くため息をついた。

リビングに戻った敏子は、テーブルの前に腰を下ろした。

すぐ側の棚には、芽衣の遺影が飾られた小さな仏壇が置かれている。

敏子にとっても、孫の芽衣は、心から愛おしい存在だった。

つぶらな瞳、小さくて柔らかい手、微笑みかけてくれる愛くるしい笑顔が、記憶の中によみがえる。もう二度と、あの子に会うことも触れることもできない。

辛さと切なさが込み上げて、敏子は思わず仏壇から目を逸らしてしまった。

しばらくして、佳恵が紅茶のセットをテーブルへ運んできた。

敏子の向かいに座ると、佳恵は無言でうつむいたまま、ポットの紅茶をカップに注ぎ続けていく。やがて紅茶はカップの縁からあふれてしまった。

佳恵は注ぐ手を止めて、こぼれた紅茶をボンヤリと見つめている。

どうやら思っていた以上に、佳恵はギリギリの状態なのかもしれない。

敏子は、目の前にいる佳恵に、どう接すればいいのかわからなかった。

口から出そうになるたくさんの感情を呑み込むと、敏子は用件を切り出した。

「ねえ…お節介かもしれないけど、近くにお焚き上げ供養やってるお寺があってね。ここがいいって聞いたんだけど…どう？」

敏子は一枚のチラシを鞄から取り出すと、佳恵の前にそっと差し出した。

お焚き上げ供養
思い出深い品には魂が宿っています。
捨てられない写真・手紙・衣類・人形など供養を承ります。
衣類
4500円
＋追加1個 2000円
縁起物（人形、置物など）
2000円
＋追加1個 1000円
手紙・写真
1000円
＋追加1個 500円
神具・御位牌
5000円
＋追加1個 2500円
お電話
お預かり
供養
満足山
成就寺
東京都練馬区旭渇町 6-6-6
供養品の事前受付の問合せはこちらまで
Tel: 03-989-933

お焚き上げ供養
思い出深い品には魂が宿っています。
捨てられない写真・手紙・衣類・人形など供養を承ります。

佳恵は渡されたチラシを手に取ると、「はあ…」と気がなさそうに返事をした。
子どもの遺品をお焚き上げしたところで、佳恵の傷は癒えないだろう。
それでも、過去を整理しなければ、前に進むことすらできないはずだ。
敏子は祈るような気持ちで、チラシを持つ佳恵を見つめ続けた。

＊＊＊＊

その晩、佳恵は窓の前に椅子を置いて、街の明かりをぼんやりと眺めていた。
テーブルには、担当医に処方された薬が置きっぱなしになっている。
抗うつ剤、安定剤、睡眠導入剤。毎日薬は飲んでいるが、良くなっている気はまったくしない。頭の芯がぼーっと鈍っているので、きっと悪化は抑えているのだろう。薬を飲んでも寝られない夜が多いので、そういう時はベッドを抜け出し、こうして窓の外を見るのが習慣になっている。

今、佳恵の頭には、昼間訪ねてきた義母の顔が浮かんでいた。

本来は気が強く、はっきりした物言いの人なのに、今日はまるで腫れ物に触るような接し方だった。義母もずいぶんと自分に気を遣っているに違いない。

このままではいけないのはわかっている。

でも、どうやって前に進めばいいのかはわからない。

その時ふと、義母に渡されたお焚き上げ供養のチラシが目に入った。

ひと晩考えた佳恵は、芽衣の遺品をお焚き上げ供養に出そうという気持ちになっていた。ただ、娘のすべてが消えてしまうようで、そのことを思うと胸が苦しくなる。

佳恵はベランダへ出ると、外の空気を吸いながら、もう一度手元のチラシを見た。

マンションの中庭から、男の子たちの遊ぶ声が聞こえてくる。

子どもの声を耳にするだけで、辛くなるような人生は送りたくない。

佳恵は心を奮い立たせると、決意を固めて小さくうなずいた。

すると強い風が吹きつけて、お焚き上げ供養のチラシが手を離れて宙に舞った。

「あっ……」

チラシはそのまま、マンションの中庭に落ちてしまった。

佳恵はチラシを拾うためにマンションの外へ出たのだが、近づいていざ手に取ろうとすると、再び強い風が吹いてチラシは通りの先へと飛んで行った。

チラシは佳恵を誘うように風に舞い、ふわふわと近所の公園へ吸い込まれた。

近づくと、公園の入口には、大きな看板が立てかけてある。

青空骨董市　本日最終日

公園の中は、骨董品を並べた露店が立ち並んで、訪れた人で賑わっていた。

古い家具や食器、掛け軸や絵、服飾品、仏像、人形などが無数に置かれている。

チラシは風に吹かれながら、あたかも人混みをかきわけるように、たくさんの人の足元を巧みにすり抜け、佳恵を骨董市の奥へ奥へと誘い込んでいく。

佳恵はしばらく後を追ったところで、急にチラシを見失ってしまった。

ようやくお焚き上げを決心したというのに、それすらもさせてもらえないのか。

すっかり気の抜けた佳恵が、家に帰ろうと引き返しかけたところで、露店の軒先に吊るされたカゴに、あのチラシが入っていた。

やっと見つけた…それにしてもこんな所まで飛ばされるなんて。

近づいてチラシを手に取ろうとした佳恵は、店頭に置かれている、女の子の人形に目が釘付けになった。というのも、人形がどことなく、芽衣に似ているのだ。

木枠にガラスをはめた立派なケースの中に、幼子くらいの大きさがある立派な娘人形が納められている。

佳恵は吸い寄せられるようにして、その人形へ近づいて行った。

＊　＊　＊　＊

仕事から帰宅した忠彦の耳に、佳恵の鼻歌が聴こえてきた。

キッチンをのぞくと、楽しそうに口ずさみながら、佳恵が夕飯の用意をしている。
「おかえりー！」
明るい声で迎えてくれる佳恵に、忠彦も思わず笑みがこぼれる。
妻が笑顔でいるなんて、ここしばらく見たことがなかった。
まるで昔の妻が帰ってきたかのようである。
もう夕飯の準備が終わりそうだ。鞄を置くと、忠彦はそのまま食卓についた。

ガタンッ

座った途端、忠彦は驚きのあまり椅子から飛び上がってしまった。
というのも、自分のすぐ真横に、着物姿の女の子が座っていたからだ。
改めてよく見ると、それはテーブルの前に座らされた、等身大の娘人形であった。

「そこの公園で骨董市やってたね、高かったけど買っちゃった」
唖然《あぜん》とする忠彦の背後から、佳恵が嬉しそうに話しかけてくる。

状況が呑み込めないまま、人形の前に立ち尽くす忠彦の横から、「おまたせー」と佳恵が姿を現わすと、「はい、どうぞ」と言いながら、シチューをよそった皿を、忠彦と人形の前へ順に並べていく。

忠彦が人形の食事を指して、「これ…」と問いかけたが、佳恵は何も起きていないかのように「ん?」と聞き返してきた。

よく見れば、テーブルには三人分のランチョンマットが敷かれているので、人形と一緒に食卓を囲むつもりらしい。

突然妻が、買ってきた人形と晩御飯を食べようとしている。

忠彦は激しく困惑しながらも、改めて目の前にある人形をよく観察してみた。

年代物の娘人形のようで、表面は汚れているが、かなり精巧に作られている。妻の言う通り、安いものではないだろう。まるで本物の少女に思えるほど、生々しい迫力が伝わってくる。

しばらく人形を眺めていたが、「これ持っていって」と佳恵に呼ばれてしまった。キッチンで「はい、できました!」と明るく笑う佳恵を見て、楽しそうな妻の機嫌を損ねたくない忠彦は、とりあえず妻のやることに付き合ってみることにした。

＊　＊　＊　＊

私の人形は　良い人形
目はぱっちりと　色白で
小さい口元　愛らしい
私の人形は　良い人形

小さい頃、母親が歌ってくれた子守歌だ。

佳恵はこの歌が好きで、芽衣を寝かしつける時にもよく歌っていた。

衣装ケースの中から、芽衣の服を取り出すと、佳恵は満足そうにうなずいた。

身体の大きさがほとんど同じなので、芽衣の服は人形にぴったり合いそうだ。

佳恵は歌いながら、人形の爪を切って、汚れた顔をていねいに拭いていく。

そして、人形を子ども用の椅子に座らせると、散髪用のケープをかけて、長い黒髪を切りはじめた。

ジョキ、ジョキと髪を切っていくうちに、芽衣も同じように散髪していたことを思い出し、胸の中に懐かしさと愛おしさが込み上げてくる。

髪をおかっぱに整え、服を着せると、人形は芽衣そっくりの姿になっていた。

これは芽衣だ。私のために、芽衣が戻ってきてくれたんだ。

佳恵は人形の頭を優しくなでると、しっかり抱き寄せて何度も頬ずりをした。

忠彦が帰宅すると、芽衣の荷物を置いてある部屋から子守唄が聴こえてきた。

中をのぞくと、佳恵が歌いながら子どもの服をハンガーにかけている。

雑然としていた室内は綺麗に整頓され、昔の芽衣の部屋を再現したかのようだ。

「あ！　おかえり」

忠彦が呆気に取られる中、佳恵はまるでこれが当たり前の日常であるかのように、自然な調子で挨拶をしてきた。

「……おう……ただい……ま……」

困惑しながら返事をした忠彦は、部屋の隅にある椅子を見て思わず息を呑んだ。

そこには、芽衣の服を着て、芽衣と同じ髪型をした娘人形が座らされていた。

＊　＊　＊　＊

「夜はよく眠れてますか？」

「あ、そうですね」

「目覚めはどうですか？」

「はい」

「食欲はどうですか？」

「はい、あります」

看護師の問診を受けながら、佳恵は膝に抱えた人形の頭を愛おしそうになで続ける。

少し離れた場所にいる忠彦と目が合うと、にっこり微笑んで手を振った。

忠彦は手を振り返しながらも、そんな妻の様子にまだ慣れることができない。

だが担当医の竹内は、佳恵の様子を遠目に見ながら、満足そうに微笑んでいる。

「一見すると奇妙に見えるかもしれないけど、ドールセラピーって言ってね、心のリハビリに人形が役に立つことは結構あるの」

「ドールセラピー…」

忠彦も医療職なので、言葉としては聞いたことがある。

竹内はパソコンでいくつかのサイトを開くと、納得していない忠彦に、ドールセラピーの効能を説明しはじめた。

「動物のぬいぐるみが、ペットロスのケアになったり、赤ちゃんそっくりのリボーンドールで認知症が改善されたり、世界的にも効果が認められているのよねぇ」

「うーん……」

「そんなに心配しないで。しばらくはこのまま奥さんに付き合ってあげて。薬の量、減らしていこうかな」

「あっ、はい!」

　忠彦は安心した表情でうなずいた。

＊　＊　＊　＊

　佳恵はそれからも人形を我が子のように扱い続けたが、その一方で精神状態は目に見えて改善した。荷解きをして、家事をこなし、外出もする。不眠の症状はほとんどなくなり、食欲も出て、何より笑うようになった。

　ドールセラピーは、本当に心のリハビリに役立つのかもしれない。

忠彦は回復していく様子を見て、佳恵のやることに徹底的に付き合おうと決意した。

外出する時も、佳恵は人形をベビーカーに乗せて連れていく。

デパートの子ども服売り場に行った時は、「おいくつですか?」と笑顔で近づいて来た店員が、ベビーカーの中を見て凍りついてしまった。

それなのに佳恵が「五歳です」と当たり前のように返事をするので、店員はますます顔を引きつらせてしまい、忠彦はいたたまれない気持ちになって、佳恵を連れてその場を後にしたこともある。

でも、慣れると人形を連れて行く外出も楽しく感じられるようになっていった。

忠彦が運転して、海岸沿いをドライブした時なんかはいい思い出だ。

人形を抱えながら、「ほら見て、海!」とはしゃぐ妻を乗せて運転し、水平線を一望できる展望台に着くと、佳恵と人形と忠彦で三人家族のような写真を撮った。

次第に、マンションの廊下には、佳恵と人形を撮った写真がたくさん飾られるようになっていった。

人形に花の冠《かんむり》を載せて、ピクニックをしている写真。人形の頬にキスをする写真。

人形を抱き寄せて添い寝する写真。人形とペアルックを着ている写真。

他人から見れば、ひどく気味の悪い光景かもしれない。

それでも飾られた写真の数だけ、佳恵は笑顔を取り戻していった。


かつての日常が戻ってきた。そう思えたのは、家に新しい洗濯機が届いた時だ。

「最近のは機能が多くて難しいわぁ」

説明書を片手に、洗濯機のボタンをあちこち操作しながら、「動いた！」と嬉しそうに笑う佳恵を見て、忠彦はようやく自分たちは過去を乗り越えることができた、これからは前に進むことができると実感した。


佳恵が突然ナースステーションを訪れたのは、それからひと月後のことだ。

「鈴木さーん」

自分を呼ぶ声に振り向くと、カウンターの向こうに妻が笑顔で立っている。

「あれ、診察だっけ？」

「ううん、婦人科に行ってきたの」

「婦人科？　なんで？　…えっ、もしかして…」

忠彦の言葉に、佳恵はにっこりと笑いながら、大きく首を縦に振った。

＊＊＊＊

佳恵の腕の中で、小さな命が精一杯の声を上げて泣いている。

一生分の辛い思いをしたけれど、ようやく失われたものを取り戻した。これからは、生まれたばかりの娘と、夫の忠彦と三人で、もう一度新しい人生を築いていく。

腕に抱いた赤子をあやしながら、佳恵の胸には温かい感情があふれていた。

子ども部屋では、忠彦が懸命にベビーベッドを組み立てている。

退院日までに組み立てる約束をしたのに、どうやら間に合わなかったようだ。

「あーっ、できてない」

「もう少しでできるから。……あ、座ろっか」

夫はそう言うと、椅子に置いてあった人形をどけて床に置いた。

妊娠してからは、まるで憑き物が落ちたように、佳恵の中にあった人形への執着が消えてしまった。竹内先生が言う通り、きっと心のリハビリだったのだろう。

今思えばおかしな行動をたくさんしていたけれど、あれもすべて、芽衣を失った悲しみを埋めるためには、必要なことだったに違いない。

佳恵が椅子に腰かけて赤ちゃんにミルクをあげていると、忠彦がミラーレスカメラを手に持って、「真衣《まい》ちゃーん」と言いながら、佳恵と娘の写真を撮りはじめた。位置を変えながら何枚も写真を撮るうちに、やがて忠彦の足が床に座らせていた人形に当たり、人形はそのままパタリと倒れてしまった。

以前の佳恵なら、それを見て烈火のごとく怒っただろう。

でも今の佳恵は、床に転がった人形のことなど気にもならなかった。

それからも、真衣は、すくすくと育った。

傷ついた二人だからこそ、佳恵と忠彦は、真衣にあふれんばかりの愛情を注いだ。

廊下に飾られていた佳恵と人形の写真は取り外され、今では真衣の写真に入れ替わっている。

危うかった鈴木家はようやく再生を遂げ、次第に家族の輪郭を取り戻していった。

そして子ども部屋の片隅では、存在を忘れ去られた人形が、たくさんの玩具やぬいぐるみの下に埋もれていた。

忘れられ、捨て置かれた人形は、自らに代わり母親の愛情を一身に受ける真衣の姿を、その瞳にずっととらえ続けていた。

＊＊＊＊

ベビーベッドの上で、真衣が大声で泣いている。

いろいろな玩具やガラガラで機嫌をとろうとしたが、一向に泣き止んでくれる気配がない。遊び慣れたぬいぐるみでも駄目なので、どうしたものか悩んでいると、佳恵の頭に、かつて大切にしていた人形のことがふっと浮かんだ。

そうだ、まるで本物の女の子みたいなあの人形なら、真衣も喜ぶかもしれない。

佳恵はぬいぐるみの山をかきわけると、奥に埋まっている人形を取り出した。

そして真衣の横に人形を置くと、お気に入りの子守唄を口ずさむ。

私の人形は　良い人形
目はぱっちりと　色白で
小さい口元　愛らしい

私の人形は　良い人形

すると大泣きしていた真衣は落ち着いて、あっという間に寝息を立てはじめた。

佳恵は愛くるしい娘の寝顔に思わず微笑むと、子ども部屋を後にした。

佳恵がリビングに戻ると、家へ遊びに来ている義母の敏子が、子ども部屋に設置してあるベビーモニターの映像を眺めていた。

夫婦の寝室と子ども部屋は別にしているが、その代わりどこでも真衣の様子を確認できるよう、子ども部屋にベビーカメラを設置している。

映像は専用のモニターで見ることができるし、録画した映像を見直すこともできるので、かなり重宝している。

「最近は便利なものがあるのねえ」

「何言ってるんですか、結構前からありますよ」

「あら、そう?」

佳恵と敏子は顔を見合わせると、二人でハハハと笑った。

「でも本当に良かった。一時は人形なんか連れ歩いて、どうしちゃったのかと思って」

「ご心配おかけしました。今考えたら私、相当参ってたんだなあって思います」

そんな他愛のない会話をしていると、突然、モニターから真衣の泣き叫ぶ声が聞こえてきた。見ると、横に置いたはずの人形が、なぜか真衣の上に覆い被さっている。

二人で子ども部屋へ駆けつけると、真衣は火が点いたように号泣していた。

敏子は「これね…」と、真衣の上でうつ伏せになった人形を持ち上げる。

佳恵が真衣をベッドから抱き上げると、敏子が「あら…?」と言いながら手を伸ばして、真衣の首に巻きついた、黒い紐《ひも》のようなものを取り除いた。

よく見ればそれは髪の毛の束で、よほど強く絡んでいたのか、真衣の首の後ろは、うっ血して赤い筋ができてしまっている。

佳恵は応急処置をするために、真衣をあやしながら急いでリビングへ向かったが、敏子は手に持った人形と、髪の毛の束をじっと見比べていた。

絡んでいた髪の束を人形の頭にあてると、毛の長さがまったく同じである。

人形の髪の毛が、真衣の首に巻きついてしまったのだろうか。

ただでさえ薄気味悪いのに、孫を危険にさらすなんて、まったく嫌な人形だ。

「うぇぇ…ああ、やだやだ」

敏子は不愉快そうに呟くと、手に持った人形を床に放り投げた。

＊　＊　＊　＊

佳恵は、帰宅した夫に今日起きた出来事を話した。

すると忠彦は深刻な表情になり、同じような事故が起きると命に関わることもあると言い出したので、万一を考えて、幼子が人形に触ることのないよう、子ども部屋のクローゼットの奥にしまおうということになった。

骨董市で購入した時に、人形を納めていたケースは、木枠にガラス張りという立派

な造りだったので、捨てることなく大切に保管してあった。

「これ、日本語だよね…なんて書いてあんの？」

久しぶりにケースを見た忠彦は、不思議そうに首をひねっている。

ケースには、読めない文字で書かれた御札のようなものが、何枚も貼りつけられているのだが、どれも達筆すぎて、忠彦にはまったく判読することができない。

忠彦は興味深そうに札の文字を眺めているが、佳恵には何が書いてあるかなんて、今となってはなんの関心もない。

それどころか、人形に対して怒りすらわいてしまっている。

この人形のせいで、真衣の首には、今も真っ赤な跡が残っているのだ。

「さっきの話、なんだっけ」

「ああ、ヘアターニケットって言ってさ、髪の毛が巻きついたせいで血流が止まっちゃって、最悪壊死《えし》することもあるって。知らないうちに、母親なんかの髪の毛が絡まるらしいよ」

佳恵がムッとして「私の髪じゃないってば」と忠彦をにらむと、わかっているよ…というように忠彦はうなずきながら、人形をケースの中に納め直した。

二人は、クローゼットの扉を開けると、人形を中にしまうことにした。

子ども部屋のクローゼットは大きく、かなりの奥行きがあるため、すぐに使わない物などをたくさん入れてある。

忠彦は、人形を納めたケースを、一番奥までぐっと押し込んでいった。

第2章 ─ Soul ─二人の娘、二つの魂

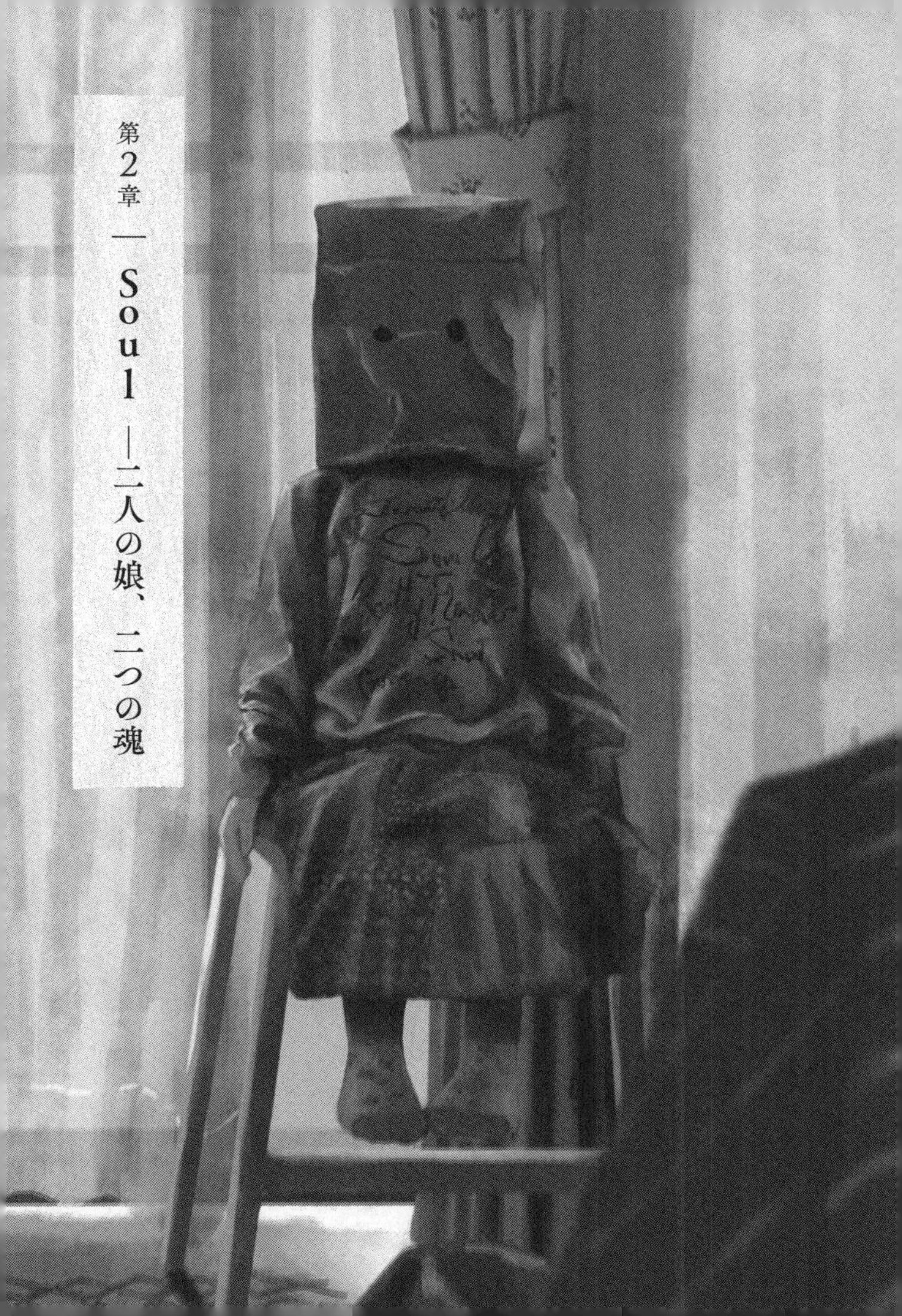

なにつくろー　なにつくろー♪
みぎてがチョキで　ひだりてもチョキで
かーにーさん　かーにーさん♪

幼稚園からの帰り道、可愛らしい制服姿で、歌いながらはしゃぐ娘を見ていると、佳恵の胸には温かい感情があふれてくる。

四月生まれの真衣は、つい先日、五歳の誕生日を迎えることができた。

芽衣を失ったあの時から、佳恵はもがき続ける日々を過ごしてきた。

少しでも泳ぐ手を止めると、深い水の底に沈んでしまうのではないか…そんな気持ちになったことも一度や二度ではない。

骨董市で見つけた古い人形を、芽衣の代わりにしていた時期もあった。

振り返れば、あれも必要な時間だったと自分ではわかるのだが、周囲の目にはどれほど不気味に感じられただろう。側で支えてくれた忠彦も大変だったはずだ。

そして新しい命を授かってからは、真衣にたくさんの喜びを与えてもらいながら、再び家族の形を取り戻すことができた。

同時に佳恵は、手に入れた幸せな家庭を失う恐怖にずっと怯えてきた。

両手いっぱいの幸せが、ほんの小さなきっかけで、蜃気楼《しんきろう》のように一瞬で消えてしまうことを、佳恵はよく知っている。

だから真衣が元気にすくすく育ち、芽衣と同じ五歳を迎えた時、佳恵は辛い過去をようやく乗り越えて、ここから新しい人生をはじめられる気がしていた。

マンションの玄関口に着くと、真衣は「ママ！」と言って両手を広げた。

これは「抱っこして」のポーズだ。

「えー、だっこー？」

もう五歳なので、真衣はずいぶんと身体も大きくなってきた。

手に買い物袋をさげているため、この状態での抱っこは重労働なのだが、それでも真衣の愛くるしい笑顔を見ていると、つい甘やかしたくなってしまう。

佳恵は「もーっ」と笑いながら真衣のことを両腕にしっかりと抱き上げると、そのままエレベーターに乗り込んだ。

「真衣、夜ご飯なに食べたい？」

「プリン！」

「それは明日のおやつでしょ。それだけじゃお腹すいちゃう」

「じゃあメロンパン！」

「メロンパンかあ…」

甘い物ばかり食べたがる娘を微笑ましく思いつつ、佳恵は玄関に入った。

＊　＊　＊　＊

真衣は家に着くとすぐに、ビー玉の入った袋を鞄から取り出した。

「あけていい？」

綺麗な色のビー玉がいくつも入っているので、早く中を確かめてみたいのだ。

ところがうっかり袋の口を逆さにしたので、ビー玉が床に散らばった。

飛び出したビー玉は勢いよく廊下を転がり、真衣の部屋まで入ってしまった。

「あーあ、ちゃんと全部拾ってね」

と言う佳恵の声を背に、真衣はビー玉を追いかけて順に拾い集めていく。

一番勢いの良かったビー玉は、真衣の部屋の玩具にぶつかると、扉の少し開いた隙間から、クローゼットの奥へと転がっていった。

子ども部屋のクローゼットは奥行きがあるので、奥のほうに入れた物を取り出せるよう、荷物と荷物の間には小さな隙間を設けてある。

真衣は四つん這いになってビー玉を探しながら、その隙間を進んでいく。

ビー玉はクローゼットの一番奥まで転がっており、真衣が近づいて拾い上げると、すぐ近くから、固い物をこすり合わせる音が聞こえてきた。

ギリッ…カリカリ…ギリッ……なんだか、歯ぎしりのような音がする。

いったいなんだろう？　真衣は、音のするほうに顔を向けた。

＊＊＊＊

冷蔵庫の前にしゃがんだ佳恵が、買ってきた物を野菜室に詰めていると、何かを大事そうに抱えた真衣が、トットットッ…と走り寄ってきた。

「ママー。アヤちゃんと遊んでいい?」

冷蔵庫のドアの向こうから顔をのぞかせた真衣が、聞き慣れない名前を口にした。

佳恵が「えっ? だれ?」と聞き返しながら冷蔵庫のドアを閉めると、クローゼットの奥にしまってあるはずの人形を持って、真衣が嬉しそうに立っている。

突然のことに思わずギョッとしてしまったが、佳恵の一番辛い時期を支えてくれた存在なので、久しぶりに目にすると、いろんな感情が込み上げてきた。

「あら…懐かしい…。この子、アヤちゃんっていうの?」

「うん!」

あの頃は「芽衣が戻ってきた」ように感じていたが、改めて人形を見ると、そこまで似ている気もしなかった。きっと、あの時期はそう思いたかったのだろう。

それでも懐かしくて思わず人形の髪をなでると、佳恵は妙な違和感を覚えた。


あれ…？　これって、どういうこと…？


髪の長さは芽衣に似せたので、肩上までしかないおかっぱのはずである。

それなのに、人形の髪の毛は胸のあたりまで伸びている。


「ねえ、ママ！」

返事をしない佳恵に焦《じ》れたのだろう、真衣が大きな声を出した。

「遊んでもいいけど、昔からうちにあるお人形さんだから、大事にしてね」

「はーい」

真衣は人形を両腕にしっかり抱いて、子ども部屋へ駆けて行く。

佳恵が手元に目を落とすと、人形の頭をなでた指に、長い髪の毛が絡んでいた。

その夜、佳恵は仕事で遅くなった忠彦の晩酌に付き合いながら、食卓の子ども用の椅子に人形を座らせて髪の毛を櫛《くし》でといていた。

やはりどう見ても、人形の髪が二〇センチ以上伸びている。

「昔の日本人形は、人の髪の毛が使われているから、ちょっとずつ伸びるらしいよ」

さも当たり前のように言いながら、忠彦は缶ビールの栓をプシュッと開けた。

「人の髪の毛!? えっ…誰の?」

手の中にある艶やかな黒髪が、突然、得体の知れないモノに変わったような気分になり、佳恵は思わず人形から身を引いてしまった。

その時ふと、テーブルに置かれた人形の指先が目に入った。

人形の爪が、伸びている。

そういえば初めて人形の手入れをした時も、爪を切った記憶がある。

あの頃は、芽衣の生まれ変わりのような気がしていたので、気にも留めずに爪を切っていたが、よく考えたら人形の爪が伸びるというのも奇妙な話だ。

人形の指先を観察しながら、「爪も…？」と聞いてみたが、早く一日の疲れを癒やしたいのだろう、忠彦は気のない様子で「さあ…」と言って、グラスに注いだビールを美味しそうに飲みはじめた。

＊　＊　＊　＊

それから数日後、佳恵が廊下で掃除機をかけている時、突然吸い込む音が変になり、掃除機に異変を感じた。

ヘッドを確認すると、なぜか吸い込み口に長い髪の毛が束になって絡んでいる。

不思議に思いながらも詰まった毛を取り除いていると、近くの子ども部屋から、真衣の喋り声が聞こえてきた。

ドアが半開きなので、何を話しているのかまでしっかりわかる。

――ママ、時々怖いけど、いつもは優しいんだよ。

――へえ…そうなの…。いたかった？　いやだった？

他に誰かいるわけでもないので、すべて真衣の独り言なのだが、それにしても奇妙な台詞である。

気になった佳恵が、部屋のドアをそっと開けると、床の上には玩具のカップやお皿が並べられ、真衣は人形と向かい合わせに座っていた。

人形に自分の服を着せ、折り紙で作った首輪をかけて、頭にはカチューシャまでつけてあげている。

あれから数日、真衣は「アヤちゃん」と名づけた人形をすっかり気に入ってしまい、話しかけたりおままごとをしたり、いつも一緒に過ごしている。

「アヤちゃんとなんのお話をしてるの？」

「ひみつ！」

真衣は人形に向かって「ねーっ」と笑いかけて、口をぎゅっと結んで頬をふくらませ、秘密だから言わないよ、という表情で佳恵のほうを振り返った。

その無邪気で可愛らしい仕草を見て、佳恵もにっこり微笑んでしまった。

人形相手のおままごとにしては、なんだか変な独り言だったが、真剣に心配するようなこともないのだろう。佳恵は胸にわいた、小さな不安を打ち消した。

＊　＊　＊　＊

ゴソゴソ…ゴソゴソ…

ベッドの足元から、何かが潜り込んでくる感触で佳恵は目を覚ました。

隣に眠っている夫とは、また別の気配である。

なんだろう…。そう思うのだが、眠くてうまく目が開かない。

すると掛布団の下から、ひょっこりと真衣が顔を出した。


「……どうしたの…?」

「アヤちゃんが、痛いことするから寝られない」

「なんで…痛いことするのかしらねえ…」

「真衣がうらやましいって。一人でずるいって」


時計を見ると、深夜二時を過ぎている。

真衣は最近、ベッドに人形を入れて一緒に寝ているので、夜中になってそれが急に怖くなったのかもしれない。

佳恵は、「大丈夫だよ」と真衣の頭をなで、ベッドから身を起こして娘のことを抱き上げると、「何もしないよ」となだめながら、もう一度子ども部屋へ連れていく。

不安そうな表情の真衣をベッドに寝かせると、佳恵は横にある人形を手に持って、窓際にある高い棚の一番上に座らせた。

「ほら、これで大丈夫」

佳恵はそう言うと、まだ不安そうな真衣の頭を優しくなでた。

＊　＊　＊　＊

「どうぞー。ちらかってるけど」

「ぜんぜん綺麗だよ」

今日は、幼稚園へお迎えに行くと、真衣が仲良くしている玲奈ちゃんと、その母親であるママ友と帰り道が一緒になったので、子どもたちを遊ばせつつ、佳恵の家で軽くお茶でもしようということになった。

「おばけだぞー」

幼稚園で工作したようで、のぞき穴を二つ開けた紙袋を頭に被った二人は、お化けごっこをしながら、廊下できゃあきゃあとはしゃいでいる。

ただ、視界が悪いからだろう、遊んでいるうちに真衣が転んでしまったので、狭い室内では危ないと思い、佳恵は二人から袋を取り上げた。

「もーっ！　危ないから、袋禁止」

「えー、つまんない」

「だったら真衣、お人形を見せてあげたら？」

「いいの？」

「優しくね」

友達に人形を自慢したいのだろう、真衣は嬉しそうに目を輝かせながら玲奈ちゃんを自分の部屋へと連れていく。

佳恵はママ友をリビングへ招き入れる前に、芽衣の写真を飾っている仏壇の扉を素早く閉じた。今でも佳恵は、芽衣の仏壇に毎日手を合わせているし、一日だって芽衣を忘れたことはない。佳恵にとって、芽衣は今でも大切な愛娘なのだ。

ただ、他人に余計な気遣いをさせたくないし、余計な詮索もされたくない。

「どうぞー」

「ほんと、おかまいなく。すぐ帰るから」

「おかまいなんか、しませんから」

佳恵がママ友と談笑しながらお茶の準備を整えている間、子ども部屋では、真衣と玲奈が、人形を挟んで言い合いになっていた。

「ほんとにその人形喋るの？」

「ほんとだよ、アヤちゃん喋るんだよ」

「嘘つき！　こんな人形喋るわけない」

「ほんとだもん」

「じゃあかして」

玲奈は強引に人形の腕をつかんで引き寄せると、そのまま雑巾を絞るようにして、両手で人形の腕をぎゅっとつかんだ。

「ほら、なんにも言わないじゃん」

そう言いながら、玲奈はさらに人形の腕を引き絞る。

「やめて！　やめて！」

「ほら！」

いくら真衣が「やめて」と頼んでも、ムキになった玲奈はやめてくれない。


「紅茶に牛乳入れる？」

「うん、もらえる？」

佳恵は冷蔵庫から牛乳パックを取り出すと、ママ友のティーカップに注ぐ。

ところが、ヨーグルトのようなドロッとした塊が出て、あたりに腐臭が漂った。


「あれ？　昨日買ったばっかりなのに。ごめんね、新しいの入れるから」

「ありがとう。でもさあ、子どもが育つと消費量すごいもん」

気を遣って話題を変えてくれたママ友に、「そうねえ」とあいづちを打ちながら、佳恵が牛乳と紅茶を流しに捨てていると、うわあああん、という大きな声がした。

そして玲奈が大泣きしながら姿を現わし、母親に走り寄って抱きついた。

「玲奈ちゃん、どうしたの？　泣いてちゃわからないでしょ」

ママ友は泣き続ける娘をなだめながら、何があったのか聞こうとして、娘の腕に大きな円形の傷が二つあることに気がついた。

それはどう見ても人の歯形で、大きく口を開けて、思いきり噛みついたらつくような傷跡になっている。

かなり強く噛んだのだろう。歯形は赤く腫れ、うっすら血が滲んでいる。

そんな歯形が、玲奈の上腕に二つもつけられていた。

遅れて姿を現わした真衣は、居心地悪そうな表情で、大泣きする友達のことを後ろから困ったように眺めている。

「真衣っ！　なんでこんなことしたの！」

他人に怪我を負わせているので、佳恵の口調も自然ときつくなる。

「…わたしじゃない」

「じゃあ、誰が噛んだの！」

「…アヤちゃん…」

謝らないどころか、人形のせいにしてごまかそうとしている。

佳恵はその態度に腹が立ってしまい、真衣を強くつかむと、泣いている玲奈のほうへグッと押しやった。

「嘘はダメ！　ちゃんとごめんなさいして！」

ところが真衣は、「嘘じゃないもん！」と叫ぶと、謝るどころか佳恵に抱きついて、そのまま大声で泣き出してしまった。

「まあそんな大した傷じゃないから…。真衣ちゃんも泣かないでいいんだから」

自分の娘が怪我をしたのに、真衣を責めるどころか、優しく慰めてくれるママ友に対して、佳恵は申し訳なさと恥ずかしさでいっぱいになってしまった。

その日の夕方、佳恵はリビングのソファに腰かけて、芽衣が写っている家族写真を眺めながら、アルバムの整理を行っていた。

ふざけた表情の佳恵と忠彦の間で、芽衣が笑っている家族写真。

佳恵が頬にキスをして、照れたように微笑む芽衣の写真。

素直で、優しくて、おっとりして、芽衣は本当に可愛らしい子だった。


リビングが西日でオレンジ色に染まる頃、頭に紙袋を被り、手に人形を抱えた真衣が、リビングにそっと入ってきた。

真衣はすぐ近くまで来たが、佳恵は謝らない態度に腹を立てていたので、わざと目を上げようとせず、知らんふりをしてアルバムの整理を続けていた。


すると真衣は床に座り、手に持った人形も横に座らせた。

そして人形の背中を押すと、謝るように頭を下げさせた。

「ごめんなさい」

そう言いながら、人形と一緒に、真衣自身も深々と頭を下げる。

下げた頭から紙袋がずり落ちると、つぶらな瞳で必死に訴える真衣の顔が現れた。

その懸命で愛くるしい表情に、佳恵は思わず「ふふっ…」と笑ってしまった。


「うん、わかったから…。明日、幼稚園でも玲奈ちゃんにごめんなさい言える?」

「うん」

返事をしながら真衣は人形へ顔を寄せ、会話をするように小声で何かを囁《ささや》いた。

そして独り言を終えると、いきなり「ママ、かくれんぼしよう」と言い出した。


「かくれんぼはしないって約束でしょ」

「じゃあ、おばけごっこ」

そう言いながら、芽衣は再び紙袋を頭に被る。

「後でね」

「いいからきーて」

真衣は紙袋を被ったまま、むずかるように佳恵の手を引く。

「今、お姉ちゃんの写真を整理してるから…」

謝ったのに遊んでくれない佳恵にへそを曲げたのか、

「真衣、お姉ちゃんなんていないもん！」

と叫ぶと、真衣は被っていた紙袋を不機嫌そうに床へ投げ捨てた。

「なんでそんなこと言うの！」

そう叱る佳恵を無視して、真衣はプイッとリビングを出ていってしまった。

かんしゃくを起こした真衣の後ろ姿を見ながら、佳恵はけわしい表情になった。

真衣は可愛い。でも時として、頑固で、わがままで、腹立たしい。

最近の真衣は、なんだか言うことをきかないことが多くなった。

それに比べて、芽衣は穏やかな性格の子だった。

あんなにいい子が、あんなに辛い亡くなり方をしてしまうなんて…。

佳恵は複雑な想いを抱えながら、芽衣のアルバムを整理し続けた。

ただ、佳恵は気づいていなかった。

佳恵の側に置かれたままのアヤ人形が、愛おしそうに芽衣の写真をながめる佳恵のことを、黒く光る眼で、じっと凝視し続けていることに――。

＊　＊　＊　＊

トッ　トッ　トッ　トッ　トッ

佳恵が洗濯物を手に廊下を歩いていると、真衣の部屋で走り回る足音が聞こえた。部屋のドアは薄く開いており、室内を駆け回る人影が隙間から見える。

真衣にはいつも、「下の階の人に迷惑になるから、うるさく走らないように」と注意してきたはずなのに、どうして言うことをきかないのだろう。

ここしばらく、佳恵は夜の眠りが浅くなり、身体が重くて体調がよくない。

そのせいか、真衣が言うことをきかなかったり、わがままばかりを言われると、ひどくイライラしてしまう。

「あんまり騒がしくしないの！」

佳恵が部屋のドアを開けると、数秒前まで走り回っていたはずの真衣は、なぜか頭に紙袋を被り、大人しく椅子に座ってこちらを見ていた。

わざとうるさくして、叱られそうになると、何もしていないふりをする。佳恵に構われたいのかもしれないが、今日は疲れているので、普段なら可愛く感じられることも面倒にしか感じられない。

「もう…」とため息をつきながら真衣に近づこうとして、佳恵はベッドの上に写真が散乱していることに気がついた。

それは先日、アルバムを整理した、芽衣との思い出の写真であった。

ただ芽衣の顔が全部、黒いクレヨンでぐちゃぐちゃに塗り潰されている。

遊んでもらえなかったので機嫌を損ねたのかもしれないが、それにしてもこれはイタズラの度を超えている。

紙袋を被って、ふざけた態度をとっているのも許せない。

佳恵は「真衣っ！」と怒鳴りながら、頭の紙袋を勢いよくはぎ取った。

すると、紙袋の下から出てきたのは、真衣ではなく人形の顔だった。
えっ…。
予想外のことに驚いていると、後ろから「なあに？」と真衣の声がした。
振り向くと、部屋の入口に真衣が立ってこちらを見ている。

部屋からうるさく音が聞こえてきたし、ドアの隙間からは走り回る人影も見えた。
それなのに、部屋には人形があるだけで、なぜか真衣はいなかった。
どういうことなんだろう。疲れているから、頭が混乱しているのだろうか。
とにかくまずは写真のことを叱らなければ。

佳恵は真衣の腕をつかむと、写真が散らばっているベッドの前へ引き寄せた。

「なんで、こんなことしたの？」

「…知らない。きっとアヤちゃんがやったんだよ」

真衣は不機嫌そうに言い返した。

「そんなわけないでしょ！　どうしてそんな嘘つくの！」

「嘘じゃないもん！」

まただ。真衣は意地になって、自分がしたことを認めようとしない。

真衣はひどいことをしておきながら、平気で嘘をつくような子だったのか。

ショックと、悲しみと、怒りの感情が、佳恵の中で渦巻きはじめた。

このままにはしておけない。今日こそしっかりと言いきかせなくては。

「ここに座りなさい」

佳恵は真衣の腕を乱暴につかむと、無理矢理その場に座らせようとする。

ところが真衣はそれに抵抗して、佳恵の手に噛みついてきた。

「いたっ！」

思わず手を離すと、真衣は逃げ出そうとして勢いよく立ち上がった。

「こら、真衣っ！」

佳恵はとっさに、逃げようとする真衣の腕を強くつかんだ。

ところがそれがよくなかったようで、逃げようとする真衣の腕に佳恵の爪が引っかかってしまい、血が滲むほどの大きな引っかき傷を三本もつくってしまった。

「ママ嫌い！　大っ嫌い！」

真衣はそう叫ぶと、椅子の上から人形を取って、部屋から走り去って行った。

だが、娘に怪我を負わせたショックで言葉を失ってしまった佳恵は、その後ろ姿を呆然と見送るしかなかった。

＊　＊　＊　＊

園庭から、子どもたちの遊ぶ声が聞こえてくる。

幼稚園を訪れた佳恵は、真衣の担任に、人形のことを相談してみたのだが、

「ごっこ遊びの延長というか…。空想を信じたり、嘘を繰り返してしまうのは、この頃の子どもにはよくあることなんですよ」

と、あまり心配しないように言われてしまった。

「そうですか…」

いまひとつ納得できない佳恵に対して、

「あの…実はこちらもお聞きしたいことがありまして」

と言いながら、担任は机の中から絵の描かれた画用紙を二枚取り出した。

「真衣ちゃん、こんなのを描くんですよ。何か心当たりはありますか」

一枚目は、着物姿の母親と娘らしき二人が、天井の梁《はり》らしきものに紐をかけ、そろって首を吊っている絵だ。背景は真っ黒に塗られている。

二枚目は、こちらも着物姿の子どもが、釜か鍋らしき物に入れられ、火にかけられているという絵だ。周囲の水が泡立っているので、地獄の釜茹での刑に見える。

どちらも真衣が描いたとは思えない不気味な絵だ。

「どうしてこんな絵を描いたの?…って聞いたら、アヤちゃんが言った…って。アヤちゃんというのは…?」

首吊りに、釜茹で。とても幼稚園児が描く絵ではない。

担任の口調は丁寧《ていねい》だが、真衣に不適切な影響を与える人間の存在について、明らかに疑っている様子だ。

だが、衝撃のあまり混乱している佳恵には、とりつくろう言葉すら浮かばなかった。

すずき まい

すずき まい

＊　＊　＊　＊

ゴソゴソ…ゴソゴソ…

その夜も、何かがベッドに入ってくる気配で佳恵は目を覚ました。

また、真衣が怖くなって潜り込んできたのだろう。

片時も離さず人形を持っているくせに、夜になると怖く感じるのも変な話だ。

そういうところは、まだまだ子どもらしいといえるのだろうか。

眠くてとても起き上がれそうにないので、今夜はこのまま、夫婦のベッドで寝かせてあげてもいいかもしれない。

真衣を腕に抱き寄せて、寝ぼけながらも頭をなでる。

少しの間そうしていたが、佳恵はふと、触れる感触に違和感を覚えた。

身体を起こして、ベッドサイドの電灯を点ける。

腕の中には、真衣のパジャマを着た、あの人形が横たわっていた。

佳恵は思わず、大声で悲鳴をあげてしまった。

＊　＊　＊

「で、なんの話だっけ？」

　忠彦は、慌ただしい様子で鞄に書類を入れ、出勤の準備を整えている。

「なんだかね、人形が生きてるみたいで気持ち悪いの」

「あ…、ゆうべの？　気のせいだよ。きっと真衣が持ってきて、そのまま置いていったんでしょ」

「だってこれ見てよ、幼稚園の…」

　佳恵は幼稚園で渡された不気味な絵を棚から取り出して、忠彦に見せようとしたのだが、ちょうどそのタイミングで、人形を抱えた真衣が起きてきた。

　さすがに本人の前では話せないので、佳恵はそっと絵を隠すと、忠彦はそれに気づかないまま、「行ってきまーす」と仕事に出てしまった。

「朝ごはん、なあに…」

まだ眠いのだろう、真衣はまだ半分しか開いていない目で食卓につく。

だがそんな時でも、腕にはしっかりと人形を抱えている。

最近、家にいる間はずっとこんな調子で、片時も人形を離そうとしない。

佳恵はその姿を見ながら、昨夜から考えていたことを、実行に移す決意を固めた。


幼稚園のお迎えのバスに真衣を乗せると、佳恵は早足で帰宅して、まずは真衣の描いた気味の悪い絵を、すべてビリビリに破り捨てた。

絵のことは忠彦に報告できなかったが、全部処分してしまえばそれでいい。

何があっても、娘のことは守ってみせる。

そう心に決めた佳恵は、次に人形の頭を指で軽く弾いた。

この人形は、本当に喋ったり動いたりするのだろうか。

もう今となっては、どちらでも構わない。

これがただの人形だとしても、佳恵は気味の悪い思いをしているし、真衣の様子だって明らかに変になっている。

ドールセラピーにはとても救われたので、できれば大切に保管したかったのだが、家族の幸せに暗い影を落としているのだから仕方がない。

佳恵は破いた絵と人形をまとめて、ゴミ袋に放り込んだ。

そしてマンションのゴミ捨て場に持っていくと、周囲に人がいないのを確認して、他のごみへ隠すように、人形の入ったゴミ袋を奥のほうへ突っ込んだ。

＊＊＊＊＊

もっと早くにこうすればよかった。

人形を捨ててスッキリした佳恵は、久しぶりにお菓子作りをすることにした。

真衣は人形がなくなって、悲しんだり、怒ったりするに違いない。

だから大好きなクッキーを焼いて、少しでも真衣を笑顔にしてあげなくては。

麺棒でクッキー生地を伸ばしていると、ガチャッ、と玄関の扉が開く音がした。

「あれ？　今日って早番だっけ」

玄関に向かって声をかけながら、少し不思議な気持ちになった。

よく考えると忠彦は、先ほど出勤したばかりである。

忘れ物でもして、帰って来たのだろうか。

そんなことを思いながら玄関へ続く廊下をのぞいて、佳恵は思わず息を呑んだ。


人形が、いる。


目線の先、廊下の突き当たりの床に、壁へもたれるようにして、今捨てたはずの人形が座っていた。

まるで佳恵をからかうように、顔には紙袋を被っている。

佳恵の頭の中で、これまで抑えてきた理性の糸がブツッと切れた。

人形が戻って来てしまう恐怖と、ようやく手に入れた幸せな家庭が奪われることへの怒りが、心の中で入り交じっていく。

気づくと佳恵は麺棒を手に握り、人形の前に立っていた。

そして麺棒を振りかざすと、人形の頭を思い切り殴りつけた。

佳恵は獣のようにうなり声をあげて、倒れた人形の頭を何度も何度も打ちつける。
何度殴っただろうか。爆発した怒りが収まると、佳恵はその場にへたり込んだ。

その時ふと気配を感じて、佳恵は真横にある子ども部屋を見た。
部屋のドアは開け放たれており、中の様子がすべて見える。

ベッドの上には、あの人形が座っていた。
佳恵がしたことをあざ笑うかのように、こちらのほうを真っ直ぐ見ている。
えっ…どういうことなんだ？　どうして人形が部屋の中にあるのだろう。
だったら、今私が麺棒で何度も頭を殴ったのは…。

恐怖の予感に震えながら、佳恵は廊下に転がる人形のほうへ目を向ける。
そこには、頭に紙袋を被った真衣が、ぴくりとも動かずに横たわっていた。

＊＊＊＊

うあ…うああ……うあああああああっ

動かなくなった真衣を見て絶叫したところで、佳恵はハッと目を覚ました。
全身に冷や汗が流れている。喉からはまだ、悲鳴のなごりが漏れていた。
どうやら、いつの間にかリビングのテーブルに突っ伏して寝ていたようだ。
クッキー生地も麺棒もないので、どうやらすべて夢だったようである。

よかった…そう安心しかけたところで、

ドンッ　ドンッ　ドンッ

と玄関の扉を何度も叩く音がした。

今見た夢のこともあるので、嫌な予感しかしてこない。
佳恵はそっと玄関まで行くと、ドアスコープから外をのぞいた。

外には誰も立っていない。

恐るおそる玄関を開けて、外に出てみる。

玄関の前には人の姿がないので、念のため廊下側まで確認しようと思い、外にある玄関柵を開けると、柵へもたせかけるように置かれていたのか、足元に置かれた何かが、バサッと倒れる音がした。

見ると、足元には捨てたはずの人形が倒れている。

夢ではなく、本当に帰って来てしまった…。

恐怖に震えながらのぞき込むと、人形の首にビニール袋がかけられていた。

これは管理人から連絡事項がある時に、玄関柵へかけるための紐つきビニール袋で、ジッパーを開けると中に連絡用紙などを入れられるようになっている。

『大きなゴミはしっかり分別してください　管理人』

管理人からのメモと一緒に、『すずきまい』と書かれた紙が入っている。

破って捨てた絵は、幼稚園で描いたものなので、真衣の名前が貼られていた。

どうやらそのせいで、分別にうるさい管理人にバレてしまったようだ。

佳恵は安堵のため息をつくと、捨て損ねた人形を拾い上げた。

＊　＊　＊　＊

「すいません！　すいません！　これ、大丈夫ですか？」

今度こそ確実に捨てるため、佳恵は人形を手にマンションの玄関脇で待機すると、ゴミの回収を終えるタイミングを見計らい、作業員に直接手渡すことにした。

作業員は一瞬困った顔をしたが、突き返して回収が遅れるのも面倒だと判断したのだろう、「まあ…はい」と答えて人形を受け取ると、パッカー車へ放り込んだ。

ようやく、人形を捨てることができた。

走り去るパッカー車を見ながら、佳恵はホッと胸をなで下ろした。

＊　＊　＊　＊

ゴミの回収を終え、次の収集所へ移動する合図をドライバーにしようとしている時、作業員は地面に人形が落ちていることに気がついた。

ひとつ前の収集所で、女性から手渡しされた人形だ。

いつの間にか外へ落ちてしまっていたようだ。

パッカー車へ詰め直すため、作業員は人形を拾い上げようと手を伸ばした。

＊　＊　＊　＊

佳恵がベランダで洗濯物を干していると、近くでサイレンの音がした。

通りをレスキュー車と救急車が走っていく。

嫌な予感がして外へ出ると、すぐ近くのゴミ収集所の周りに人だかりができており、救急とレスキューの隊員たちが慌ただしく動き回っていた。

「危ないからさがってください」

隊員の声がしたほうを見ると、先ほどのパッカー車の後ろ側、ゴミを入れる回転板《ばん》の間から、作業員の足が突き出していた。

どうやら、作業員が回転板に巻き込まれてしまったようである。

凄惨《せいさん》な光景に、佳恵は思わず目をそらした。


周囲から見えないように、レスキュー隊がブルーシートを張っていく。

「開けまーす」

パッカー車の後部が開けられて、中のゴミが路上へと散乱していく。

ブルーシートの下にできた隙間からも、路上に散らばるゴミが見えている。

「おい、呼吸あるぞ!」

どうやら、作業員は一命を取りとめたらしい。

よかった、人形を渡したせいで、亡くなってしまったかと思った。


佳恵が安堵していると、すぐ目の前にあるブルーシートの下の隙間から、この場に似つかわしくない、女の子の足先が見えた。

シートをはさんで、佳恵のすぐ目の前に、何かが静かに立っている。

これは、まさか…。

シートの向こう側に、あの人形が立っていたらどうしよう。

恐怖で硬直した佳恵が動けないでいると、急にシートがめくり上がって、その向こうから真衣が姿を現わした。

幼稚園に行ったはずの真衣が、どうしてここにいるのだろう。

娘に声をかけようとして、佳恵は思わず小さな悲鳴をあげそうになった。

真衣の手には、あの人形がしっかりと抱きかかえられていたのだ。

パッカー車の後ろが開いたから、路上に落ちた人形を拾うのはまだわかる。

でもどうやって真衣には、人形を捨てたことがわかったのだろう。

そうでなければ、わざわざ幼稚園を抜け出して、独りで帰ってくるわけがない。

まさか本当に、人形が喋って真衣に教えたとでもいうのだろうか。

真衣は、これまで見せたことのない憎しみの表情で佳恵をにらみつけてきた。

そして上目遣いで佳恵をにらんだまま、佳恵の横を通り過ぎると、人形を抱えたまま自宅のほうへと独りでスタスタと歩いて行く。

佳恵はその後ろ姿を、呆然と眺めることしかできなかった。

＊　＊　＊　＊

夜中に目が覚めた忠彦は、ベッドに佳恵の姿がないことに気づいた。

物音がするので様子を見にいくと、佳恵は電気も点けずにリビングのソファに腰かけて、暗がりの中で食い入るようにベビーモニターを眺めていた。

「どうしたの…？」

忠彦が横に座っても、佳恵はモニターから目を上げようとしない。

「ほら、人形が喋ってる」

佳恵が見せてきたモニターの映像では、ベッドの上で真衣が人形へ話しかけていた。

「電車わからないの？」

「車は乗ったことある？」

「アヤちゃんはおうちにかえりたい？」

「ふふ、よかった」

「ずっとうちにいればいいよ」

「真衣が一緒に遊んであげる。お着がえも手伝ってあげる」

「真衣が幼稚園に行ってる間は、ママが世話してくれるからね」


人形に話しかけるたびに間が空くので、確かに本当に会話しているように見えるが、忠彦がいくらモニターを耳に当てても、人形の声などは一切聞こえてこなかった。

それなのに佳恵は、「ほらここ」とか、「やっぱり生きてるんだ…」などと呟きながら虚ろな目で映像を見つめ、自分の腕を何度もガリガリとかいている。

これは、妻の精神状態が不安定な時に出る症状だ。

忠彦は不安を覚えながら、腕をかきむしる佳恵の手をそっと押さえた。

テーブルの上には、久しぶりに飲んだ薬のシートが散乱している。

妊娠をして、服薬をやめてからもう六年が経つ。

看護師の忠彦には怒られるだろうが、佳恵は余った薬をこっそり保管していた。

頓服薬を含めて手元に残しておけば、いざという時に飲むことができる。

通院もせずに、古い薬を飲むのはいけないとわかっているのだが、今はまだ精神科への通院を再開するつもりはなかった。

確かに精神的には相当まいっているが、その理由は私じゃない。

必要なのは通院ではなく、あの人形をどうにか処分することだ。

＊＊＊＊

突然、部屋の中が薄暗くなった。

今日はずっと曇り空だったが、本格的に雨雲が太陽を覆ってしまったようだ。

強い雨が降り出して、ベランダに干した洗濯物が濡れていく。

それを見ても、佳恵は立ち上がって洗濯物を取り込む気力がわかなかった。

雨に濡れていく洗濯物を眺めていると、リビングに真衣が姿を現わした。

手にはもちろん、あの人形を抱えている。


「じゃあ、ママが鬼ね」

真衣は佳恵の横に立つと、急にそう言ってかくれんぼをはじめようとした。

「かくれんぼは、やらないよ」

「アヤちゃんがやろうって」

佳恵の言うことは無視して、真衣はそのまま廊下へ走っていった。

そしてしばらくすると、「もういいよー」と声がした。

最近の真衣は、何を言ってもすぐに「アヤちゃんが」と口ごたえして、まるで佳恵の言うことをきいてくれない。

佳恵がかくれんぼを嫌いなことは、真衣だってよくわかっているはずだ。

でもこのまま探しに行かなければ、ずっと隠れたままだろう。

真衣が「隠れたまま」という状態も嫌なので、佳恵は深くため息をつくと、ぐったりした身体を椅子から起こし、とにかく真衣を探すことにした。

キッチンを出て廊下を走って行ったから、どうせ子ども部屋に隠れているのだろう。そう思っていると、背後でバタンとドアの閉まる音がした。

今、佳恵が出てきたリビングのドアが閉められて、ドアについたすりガラスには、真衣らしきシルエットが浮かび上がり、「ふふふふ」と笑っている。

これは、どういうことだろう。真衣はキッチンを出て行ったはずだ。

それなのに、いつの間にかキッチンに戻って、自分の背後に回っている。

ところが次の瞬間、今度は反対側の廊下を、タッタッタッと駆ける足音がした。

もしかして、幻聴や幻覚に襲われているのだろうか。

不安な気持ちで、佳恵は足音が駆けて行った子ども部屋をのぞいてみた。

すると、ベッドの上にあるタオルケットが、まるで人が入っているように丸くふくらんで、モゾモゾと動きながら、ふふふ、と笑い声を立てていた。

さっさと終わりにしなくては。

「みぃつけた」

そう言って佳恵はベッドに近づくと、タオルケットをサッとはぎ取った。

それなのに、タオルケットの下に真衣の姿がない。

あれ？　どういうこと？　だって今、人が入ってふくらんでいたのに。

困惑した佳恵は、うつ伏せになってベッドの下を探してみた。

すると誰かが上に乗っているかのように、急にベッドがギシギシときしんで、下を向いている佳恵の背中が、ボンッと何かに踏みつけられた。

「いたっ！」

佳恵が叫ぶと、足音は部屋を出て、廊下の先へと走り去っていく。

「真衣！　いい加減にしなさい！」

いくらなんでも、あまりにひどい。見つけたらきつく叱らなくては。

そう思っていると、佳恵の横でタオルケットが急に盛り上がり、それは布を被ったまま人の形になると、ベッドを飛び降りて、タオルケットのまま佳恵の横を走り抜けて行った。


いったい、何が起きているのだろうか。間違いなく、足音と人影は二つあった。

足音を追って廊下に出ると、洗面所の前にタオルケットが落ちていた。

洗面所のドアが半開きになっているので、真衣はこっちへ隠れたのだろうか。

そっとドアを開けて中を見ると、佳恵の心臓は止まりそうになった。


洗濯機の縁から、真衣の手がのぞいていた。

あれだけ禁止していたのに、真衣が洗濯機の中へ入ってしまったのだ。

「洗濯機で遊んだらダメって何回も……」

叱ろうとして洗濯機に近づくと、真衣の手が中にスッと消えた。

洗面所は薄暗く、縦型の洗濯機の中は、離れていると暗くて中が何も見えない。

佳恵の頭に、芽衣を発見した時の惨《むご》たらしい記憶がよみがえる。

怖い。嫌だ。怖い。洗濯機の中をのぞくのが、とにかく怖くてたまらない。

もしまた恐ろしいことが起きていたら、どうしよう。

それでも佳恵は、一歩ずつ、少しずつ、洗濯機のほうへ近づいていく。

部屋が暗いせいか、洗濯機の中はまるで深い穴のようで、近づいたはずなのにまだ中が見えてこない。

佳恵がおそるおそる洗濯機をのぞき込むと、中から両手をこちらへ伸ばした人影が、獣のような唸り声をあげて思いきり飛びかかってきた。

一瞬ではあるが、それは歯を剥き出しにした恐ろしい形相の何かで、上半身に抱きつかれた佳恵は、悲鳴をあげてそれを床に投げ飛ばした。

バンッと叩きつけられる大きな音がして、佳恵がそっと目をやると、床には背中から強く打ちつけられた真衣が、苦しそうにうめきながら倒れていた。

そんな…。もっと恐ろしい何かが飛び出してきたはずなのに、佳恵は気づくと娘を床へ思いきり投げ飛ばしてしまっていた。

足元では、真衣が大声で泣きはじめた。

自分は、いったい何をしてしまったのだろう。

佳恵は、わが子を床に叩きつけた、自分の両手を呆然と見つめていた。

第3章 ―Fear ―浸蝕される家族の絆

怪我をした娘さんが、この東練馬総合病院で治療を受けている。

急を要する容態ではないが、伝えなくてはいけないことがあるので来てほしい。

外科からそんな連絡を受けた忠彦は、息を切らして外科治療室へ駆け込んだ。

扉を開けると、頭にガーゼを巻いた真衣が、人形を抱いてベッドに腰かけており、その前には複雑な表情の外科医と、暗い顔をした佳恵が座っていた。

「あの…大丈夫なんですか？」

「ああ…怪我のほうはたいしたことないですよ。脳出血もなかったですし…」

「…よかった…」

外科医の言葉を聞いて、忠彦は胸をなでおろした。真衣が頭を打ったと聞いた時は、驚いて心臓が止まるかと思ったが、どうやら軽傷で済んだようである。

ただそのわりには、外科医の様子がおかしい。

「ごめんなさい、私が…」

佳恵が申し訳なさそうにしていると、急に治療室の扉が開いて、心療内科医の竹内が姿を見せた。そして、穏やかな口調で佳恵に話しかける。

「ご無沙汰しています。もしお時間あったら、奥様も健康チェックでもしましょうか。そんなにお時間かかりませんから」

娘が怪我で治療している診察室に、妻の元主治医が挨拶に寄るのも妙だが、さらに患者でもない妻に健康チェックを勧めてくることなど普通ならありえない。

竹内は外科医に頼まれたのだろう。そして外科医は、佳恵のいない所で、忠彦に伝えたいことがあるようだ。

「せっかくだから、行ってきたら」

忠彦がそう言うと、佳恵は戸惑いながらも、「わかった」というようにうなずいて、真衣の容態を気にしつつ、竹内の後をついて治療室から出て行った。

予想通り佳恵が部屋から出ると、外科医は近くに来るように手招きをした。

忠彦は声が漏れないよう治療室のカーテンを引くと、近くに腰かけた。

「最近、奥さんの様子で何か変わったことはありませんか？」

「やたらこの人形を怖がってはいますけど…」

「そうですか…。これはご存知でした？」

外科医は「真衣ちゃん、ちょっといいかな」と言うと、真衣の背中を忠彦のほうへ向けて、着ているシャツの裾をめくり上げた。

忠彦は、思わず息を呑んだ。

真衣の背中には、赤くみみず腫れになった引っかき傷が無数にある。

「ええっ…。真衣、これ誰がやったの？」

忠彦が衝撃に声を震わせながら聞くと、

「言わない。言ったらまたやられる」

真衣は背中を向けたまま、暗い声で呟いた。

＊　＊　＊　＊

午後の診療が終わりに近づくと、病院内は急に閑散とする。

忠彦と佳恵は、西日が射し込み、人の少なくなった廊下のベンチに座っていた。

「ここリフレッシュ入院っていうのがあってさ。ベッドを確保してもらったんだよ」

「…えっ？」

「最近、疲れてるでしょ。少し休んだほうがいいかと思って」

「大丈夫。だって、真衣はどうするの」

「さっき、母に預けた。一緒にアニメでも観るんだって、喜んで連れて行ったよ」

忠彦は妻を刺激しないよう、つとめて明るい口調で話しかけたが、急な入院を勧められた佳恵は困惑した表情を浮かべている。

元主治医の竹内は、佳恵を治療室から連れ出すと、病院のベンチで、最近はどうしているのか、体調はどうなのかなど、いろいろ聞いてくれたようである。

竹内の意見では、佳恵の精神状態はかなり悪化しているので、このまま真衣と家に帰すのではなく、このあと正式な診察を済ませ、今夜からでもストレスケアを目的としたリフレッシュ入院をさせてはどうかと提案された。

「もしかして…人形も一緒？」

「ん？　…うん」

忠彦がうなずくと、それまで無表情だった佳恵の雰囲気が一変した。

「それはダメ！　あの人形は危ないんだってば！」

佳恵はカッと目を開くと、忠彦の両肩をつかみながら訴えてくる。

忠彦の話に耳を傾ける様子はなく、普通とは思えない。

やはり、本人にはっきりと伝えるしかないだろう。

「…なあ、問題は人形じゃない。君だ」

「えっ…」

「真衣の身体に、あちこち引っかき傷があったよ」

佳恵は急にハッとした表情になり、着ている服の袖をまくり上げた。

左腕には、自分で引っかいた、無数の傷跡がついている。

佳恵はそれを見て、知らないうちに自分が真衣を傷つけているかもしれないことに
気づいたようで、みるみる怯えた表情になった。

「焦らなくていいから、ゆっくり治そう。な？」

「………」

「明日の朝には、着替えとか必要なものを持ってくるよ」

頭が混乱しているのだろう。佳恵は落ち着かない様子で考えていたが、やがて絞り
出すような声で「…わかった」と返事をした。

「ひとつだけお願いがあるの。人形をお寺に出して」

「寺?」

「近くにお焚き上げ供養をしてくれるお寺があるって、お義母さんが」

「それで安心できるなら……」

佳恵のあまりに真剣な様子に、忠彦は思わず人形供養を約束してしまった。

＊＊＊＊

帰宅した忠彦は、佳恵が保管していた「成就寺」のお焚き上げ供養のチラシを見つけ出すと、すぐに寺へと電話した。

成就寺は、家の近くでは最も規模の大きな寺である。住職のほかに数名の僧侶が勤めているようで、電話に出たのは寺嶋と名乗る僧侶であった。

寺嶋はどこか事務的な対応ではあるものの、基本的に愛想は良く丁寧で、お焚き上げ供養の手順や金額など、必要な事柄をわかりやすく説明してくれた。

また、お焚き上げ供養をする際に重要なのは、どのような品物であるかきちんと知ることらしく、人形本体だけでなく、箱やケースの写真も送ってほしいと頼まれた。

『それでは、人形の全身と顔、そして箱のすべての面の写真を送ってください』

『わかりました。それで、お焚き上げはいつになりますか？』

『今月分はもう締め切ってますので、次回は一か月後になります』

『えっ、一か月ですか…！』

まさかひと月も待つ必要があるとは思わなかった。

早く済ませて佳恵を安心させたかったのだが、タイミングが悪かったようだ。

月に一回のお焚き上げが明日なの

で、もう受付を締め切ってしまっている。

やるべきことだけ片付けるため、忠彦は人形が納められていたケースをクローゼットから取り出して、寺嶋に言われた通り全面をくまなく撮影することにした。

一メートル近い大きなケースは、木枠にガラスをはめ込んだ立派な造りで、ガラス面には、達筆すぎてなんと書いてあるのか読めないお札が何枚も貼られている。

忠彦はスマホを片手に、ケースの各面を順にカメラへ収めていく。

するとケース裏面の下側に、何か字が書かれていることに気がついた。

昭和七年
娘人形・礼
安本浩吉作

どうやら、人形の箱書きのようだ。

骨董市で見つけてきたので、古いものだろうとは思っていたが、昭和七年ということは、一九三二年だから、この人形は作られてからもう九二年経つことになる。

箱書きがあるので有名な作家の作品かもしれない。

興味がわいた忠彦は、パソコンから寺嶋宛ての写真の送信を済ませると、検索エンジンに「安本浩吉」と入力して、トップに出てきたサイトを開いてみた。

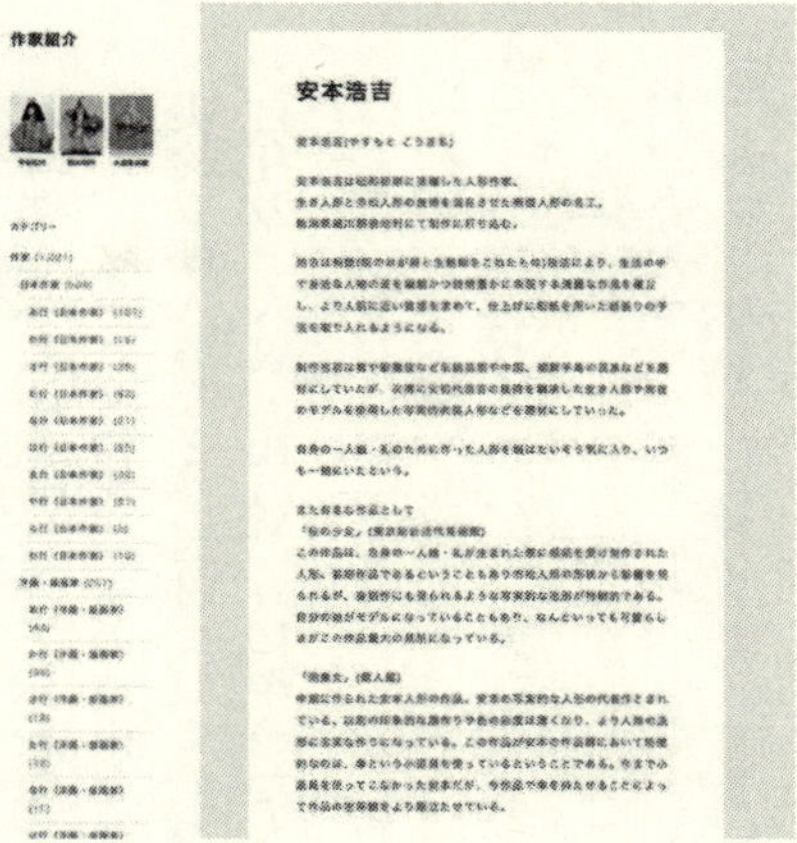

安本浩吉（やすもと　こうきち）

安本浩吉は昭和初期に活躍した人形作家。生き人形と市松人形の技術を混在させた桐塑人形の名工。

新潟県蔵川郡泉地村にて制作に打ち込む。

浩吉は桐塑（桐のおが屑と生麩糊をこねたもの）技法により、生活の中で身近な人物の姿を繊細かつ詩情豊かに表現する清麗な作風を確立し、より人肌に近い質感を求めて、仕上げに和紙を用いた紙張りの手法を取り入れるようになる。

制作当初は舞や歌舞伎など伝統芸能や中国、朝鮮半島の民族などを題材にしていたが、次第に父初代浩吉の技術を継承した生き人形や実在のモデルを使用した写実的衣装人形などを題材にしていった。

自身の一人娘・礼のために作った人形を娘はたいそう気に入り、いつも一緒にいたという。


ここまで読んだところで、忠彦のスマホに電話がかかってきた。

『はい、鈴木です』

『あ、成就寺の寺嶋です。写真を確認しました。この人形の供養は急いだほうがいいですね』

『えっ…？』

『明日のお焚き上げになんとか間に合わせますので、明朝、取りにうかがってもよろしいですか？』

『わざわざ、こちらにですか？』

『普段はしないんですが、この人形はちょっと…。それで受け渡しの際なんですが、必ず箱に入れた状態でお願いします。では明日、丁寧にお焚き上げさせていただきます』


これまでは佳恵がどんなに人形を怖がっても、忠彦は気のせいだと思っていた。佳恵の精神状態が不安定になっていたので、人形ではなく、佳恵の問題として受けとめていた。でも、それは間違いだったというのだろうか。

電話の雰囲気からすると、どうもこの人形はいいものではなさそうだ。しかも寺嶋は、『必ず箱に入れた状態』で渡すように言ってきた。

大量に貼られた御札には、何か意味でもあるのだろうか。

人形はケースから出して、真衣と共に母の家へ預けてしまっている。

忠彦の胸に、えもいわれぬ不安が広がっていった。

今度は用語を「安本浩吉　礼　人形」にしてネット検索をしてみると、「呪い人

オカルトレンジャーが行く
神無島で生き人形を捕まえろ!!

形」について書かれた記事や、気味の悪い写真がいくつか検索結果として表示された。

ただどれも、直接関係しそうな内容には思えない。

その中で、ひとつ気になる動画が「Ｕｔｕｂｅ」配信サイトに掲載されていた。

タイトルは、『オカルトレンジャーが行く　神無島で生き人形を捕まえろ!!』で、更新日は、ほんの半月ほど前である。

興味をひかれた忠彦は、動画の再生をクリックした。

【オカルトレンジャーが行く
神無島で生き人形を捕まえろ!!】
Ｕｔｕｂｅ　オカルトレンジャー
２０２４／４／12

賑やかな音楽と共に、車中にいる五人の若者の姿が画面に現れた。

『レッドのかっつんと…』

『ブルー、まさし！』

『グリーン、みくりんです』

『ピンク、あゆたん』

『イエロー、豚トロっす』

『五人そろって、オカルトレンジャーでーす！』

各人が自分のカラーに合わせた服を着ているので、戦隊モノになぞらえて、オカルトレンジャーと名乗っているようだ。

『本日は、噂の心霊スポット、新潟県の神無島に向かっています。

というわけで今日は皆さんご存知の最恐都市伝説【生き人形】ってことで…』

リーダーのレッドが、今日の企画の説明をはじめる。

記事でも読んでいるのだろう、レッドは手に持ったスマホを見ながら、生き人形の都市伝説について語りはじめた。

『昭和の初め、安本浩吉という人形作家の娘・礼が村で行方不明になった。

大規模な警察の捜索もむなしく発見に至らず、事件後、ショックのあまり浩吉の妻・妙子は、礼が大事にしていた人形を娘と思い込み、片時も放さなくなった…。

それからどんどん衰弱して、人形も一緒に棺桶に入れてくれって言い残して死んじゃったんだって。

そしてなんと、神無島に土葬された後、人形は自ら墓を抜け出して、持ち主の少女を探してさまよっているという…』

レッドが説明を終えると、メンバーは『怖《こえ》え〜』と盛り上がったが、

『ちょっと待って。その安本礼って、生きてれば今九〇とか一〇〇歳くらい？　完全にお婆ちゃんなんだけど』

とグリーンは茶化して笑っている。

車中からシーンが変わり、五人は停めた車の前に立っていた。

画面には〈神無島に到着！〉とテロップが出ている。

『はい、ということで、あの伝説の島にやって来ましたー』

レッドの叫び声に合わせ、メンバー全員がハイテンションに盛り上がる。

オカルトレンジャーの動画では、レッドが撮影を担当しているようで、手に持った

カメラで自撮りをしつつ、メンバーのことも撮影している。

するとカメラが、一枚の看板を映し出した。

注意！
満潮になると
神無島との往来はできなくなります。

この周辺は、潮の流れが非常に速く、複雑です。
沖に流される危険性がありますので無理に渡ったり、泳いだりしないでください。

往来可能時間
3月～4月　9時～11時頃

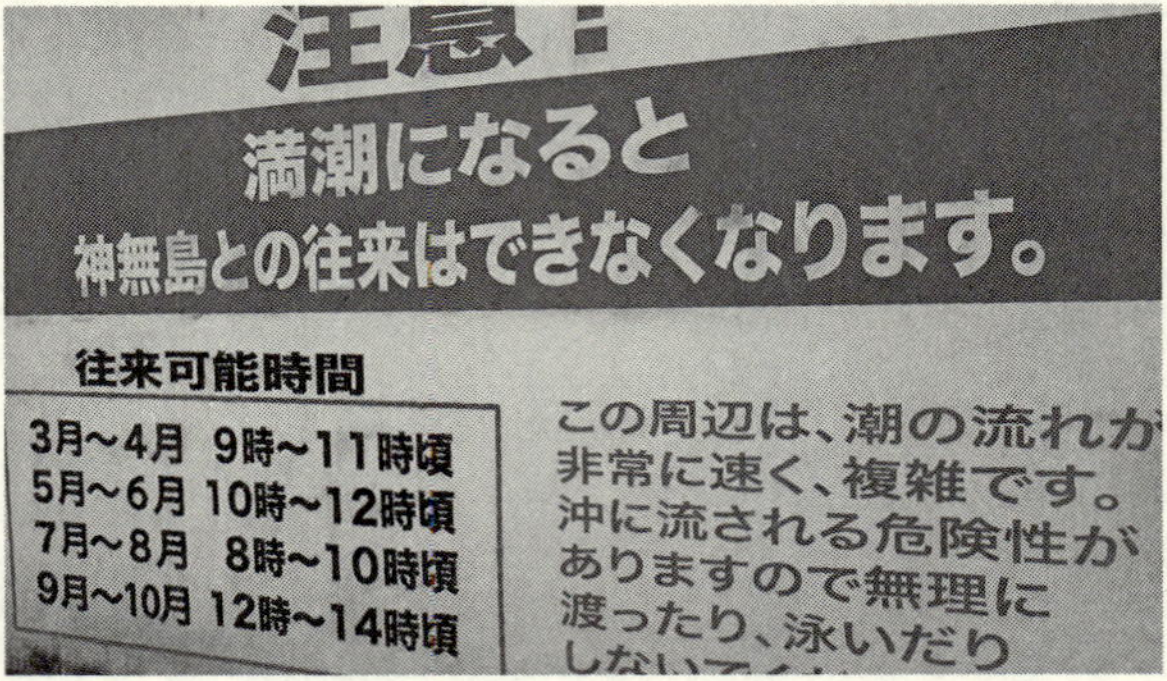
満潮になると
神無島との往来はできなくなります。
往来可能時間
3月～4月 9時～11時頃
5月～6月 10時～12時頃
7月～8月 8時～10時頃
9月～10月 12時～14時頃
この周辺は、潮の流れが
非常に速く、複雑です。
沖に流される危険性が
ありますので無理に
渡ったり、泳いだり

5月〜6月　10時〜12時頃
7月〜8月　8時〜10時頃
9月〜10月　12時〜14時頃

『島にはね、一日に一回、干潮の時だけ道が出てきて、歩いていけるということで…。もう道ができはじめていまーす！」


レッドはそう説明しつつ、カメラを海のほうへ向けた。

すると海面を割るようにして、浜辺から一本の道ができていた。

引き潮に合わせて現われたのだろう、白い砂浜が島までずっと続いている。

どうやら奥に見えている島が、噂の「神無島」のようである。

島を見て一同が歓声をあげる中、ブルーが看板の「往来可能時間」を指差した。

『待ってこれ見て。制限時間、二時間しかないんだけど。これさ、なんか嫌な予感するんですけど！』

『生き人形を捕まえにいくぞ！』

大きな虫捕り網を持ったグリーンが大声で叫ぶ。

レッドが『おーっ』と叫ぶと、〈いつものカラ元気…〉というテロップが画面に出て、メンバーたちはレッドを置いて、島へ続く道を進みはじめた。

道は全員が横に並んで歩けるほどの幅があり、軽く蛇行しながら続いている。

〈生き人形は見つかるのか!?〉というテロップと共に島めがけて走っていく。

次のシーンでは、すでに島へ到着しており、画面には〈山道へ到着…〉というテロップが出ている。

『やばい、めっちゃジャングル…』

イエローの叫びに合わせて、他のメンバーも『ヤバい』と連呼しながら、うっそうと茂る木々の間を抜けていく。

すると画面はキュルキュルと早送りされ、〈結局　何も見つけられないまま…〉というテロップが出て、早々に島から帰るシーンになってしまった。

『全然何にもねえじゃん』

『お墓なんか、どこにもないしね』

メンバーたちは文句を言いながら、島の斜面を降りて行く。

〈2時間が経過し…〉

〈戻っていくオカルトレンジャー〉

というテロップと共に、来た道を浜辺へとぼとぼと帰って行く、五人の姿が映っていた。

『怖い怖いっていうから来たのに、何も見つけられませんでした。

オカルトレンジャー、これにて撤収！』

そうレッドが叫んで動画が終わった。

「アホらし…」

動画を観終わった忠彦は、あおるだけで肩透かしの動画にため息をついた。

※オカルトレンジャーの動画は、スマホやタブレットで以下の二次元コードを読み取って確認してほしい

＊　＊　＊　＊

敏子は、寝室のベッドで孫の真衣を寝かしつけていた。

この二段ベッドは、初孫の芽衣が生まれた時に購入したものだ。

忠彦と佳恵が、「子どもは二人ほしい」なんて言うから、下の子が生まれても一緒の部屋で寝泊まりできるように買ったのだが、まさかあんなことになるとは…。

あの不幸な事故で芽衣が亡くなってから、忠彦や佳恵はもちろんのこと、見ているしかない立場の敏子もまた、ずいぶんと苦しい時間を過ごした。

ようやく元に戻ったと安心していたのに、佳恵さんが再び心のバランスを崩して、真衣を傷つけるようになっていたなんて。

佳恵はしばらく入院することになりそうなので、その間は敏子がしっかりと真衣の面倒をみなくてはいけない。

敏子が軽くあやすと、真衣は静かに眠ってしまった。

静かな寝息を立てている真衣の横には、例の人形が置かれている。

この家でも、真衣は人形を片時も手放さない。

敏子は昔からこの人形が好きではないので、動いたり喋ったりするとは思わないものの、佳恵が気味悪く思う気持ちはなんとなく理解できる。


真衣がしっかり寝ついたのを確認して、敏子は寝室の電気を消すと、リビングへと移動した。そして、ニュースを観るためにテレビをつけると、敏子はテーブルに置いたコップの水を口にした。


次の瞬間、敏子は「んッ」と呻《うめ》きながら、口を押さえてシンクへ走っていた。

まるでドブ川の水でも飲んでしまったような、生臭くて腐ったような味がする。

敏子は流しに口に含んだ水をすべて吐き出した。

「ええーっ?」

水は注いだばかりなのに、なぜ変な味がするのだろう。

コップをシンクに置いて、リビングのほうを振り向くと、いつの間にか起きてきた真衣が、こちらに背中を向けたまま、テレビの前でぼーっと立っていた。

うるさくしたせいで、目を覚ましてしまったに違いない。


「あら起きちゃったの。何か飲む?」

敏子は真衣の背中に声をかけると、冷蔵庫の扉を開けてかがみ込んだ。

「何かあるかなあ…」

冷蔵庫の中をのぞいていると、真衣が後ろからそっとおぶさってきた。

何も言わずに抱きついているので、どうやら飲み物はいらないようだ。

きっと、目が覚めたら敏子がいなかったので、怖くなって起きてきたのだろう。

「いらない? じゃあお布団で、本でも読んであげようかね」

敏子は笑いながら、真衣をおんぶしたまま、寝室へと連れて行く。

寝室の電気を点けた時、敏子は思わず絶句した。

ベッドでは、真衣がすやすやと眠っている。

えっ、どういうこと？

だとしたら、背中におぶさっているコレは…？

そうっと振り向くと、肩越しに人形の顔がのぞいていた。

敏子は「ひいっ」と声にならない悲鳴をあげて、背中から人形を振り落とした。

＊　＊　＊　＊

「ちょっと待って。どこにしまっちゃったかな…」

そう言いながら、忠彦はリビングの棚をあちこち探っていた。

今しがた母親から電話がかかってきて、「ベビーモニターを持って来てほしい」と頼まれたのだ。

確か、このあたりにあったはずなんだけど——。

忠彦は妻が使っているドレッサーを順に開けていった。

一番下の引き出しを開け、妻の手鏡をどかして近くのテーブルに置く。

その下には、探していたベビーモニターが入っていた。

「あー、あった。こんなもの何に使うの？」

そう母親に聞くと、意外な答えが返ってきた。

『人形よ。この人形、やっぱりなんか変』

「えっ…。どんなふうに？」

『なんか気持ち悪いっていうか、生きてるみたいで。まあ…、そんなわけないんだけどね。勘違いだと思うんだけど』

「それならもう大丈夫。寺でお焚き上げすることにしたから。明日の朝、そっちで人形を引き渡す約束をしてる」

『あら…そうなの。よかった…』

「じゃあ、明日ね」

『うん』

敏子は、忠彦と電話をしながら、人形を物置へ片付けることにした。

もう二度と触りたくないので、床に置いた人形を、モップで押しながら廊下の先にある小部屋へと運んで行った。

そして、一畳程度の用具入れの中へ人形を押し込んで扉を閉めると、扉が開いたらわかるように、外からモップを立てかけた。

＊＊＊＊

忠彦は母親との電話を切ると、人形供養をするので、持っていく必要もなさそうなベビーモニターを片付けようと手に持った。

『ここはね、とうきょうと、ねりまく…』

真衣の声が、モニターから聞こえてきた。
手に持った時、うっかり再生ボタンを押してしまった。
モニターには、ベッドの上で真衣が人形に話しかける様子が映っている。
佳恵が見ている際中の録画が再生されてしまったようだ。

『アヤちゃんちはどこ？
にいがたけん、くらかわぐん？　わかんない…』
忠彦は、電源を消そうとする手を止めた。
新潟県、くらかわぐん…。
あれ、少し前に、この地名を目にした記憶がある。

忠彦は急いでパソコンを開くと、安本浩吉について書かれたサイトを開き直した。
やっぱり…。『新潟県蔵川郡泉地村にて制作に打ち込む』と書かれている。

どうして真衣は、この地名を知っていたのだろう。

忠彦の中で、不安と恐怖が急速にふくれあがっていく。

次に検索エンジンで、「礼　人名　読み」と入力してみる。

そこに表示された内容を読んで、忠彦は全身に鳥肌が立った。


主な読みは「れい」、人名に使えるのは「のり」「まさ」「あき」「みち」「あや」などさまざま。

「ネ（しめすへん）」は神や祈といった漢字にも使われているように、神様に関する言葉に付く部首です。


「あや……」

ケースの箱書きに「礼」と書いてあったので「れい」だとばかり思っていたが、「あや」と読むのかもしれない。だとしたら、真衣がずっと呼んでいた「アヤちゃん」は、人形の本当の名前だったということになる。

娘はまだ五歳で、漢字を読むことはできない。

それに箱書きを読んだからといって、「礼」を「アヤ」とは呼ばないだろう。

だとしたら、真衣は誰から「アヤ」という呼び方を教えられたのだろう。

「人形が真衣と喋っている」という佳恵の言葉は、まさか本当だというのか――。

母の家にあの人形を持って行かせたのは間違いだった。何か嫌な予感がする。

忠彦は、人形のケースとベビーモニターを抱え、急いで家を飛び出した。


クラクションを鳴らし、車の間を縫うようにして、忠彦は車を走らせていた。

マナー違反の運転なのはわかっているが、急がなければ、真衣と母に何か起きてしまってからでは遅い。一刻も早く、二人のいる実家へとたどり着かなくては。

忠彦は、ダッシュボードに設置したスマホから敏子に電話をかけた。


『今から人形取りに行くから。真衣は起こさないでくれる？』

『どうしたの…？』

スピーカーホンから聞こえてくる母親の声は、明らかに不審そうだ。

『いや…ちょ…ちょっとね…』

そう言いながら、忠彦は後ろをチラリと振り返った。

後部座席には、ケースと、ベビーモニターが置かれている。

『ベビーモニター持って行くから、一緒に見てもらっていいかな』

『…わかった。じゃあ、待ってるね』

何も起きないでくれ。忠彦は祈るような気持ちで、車をひたすら走らせ続けた。

＊　＊　＊　＊

電話口の忠彦は、明らかに様子がおかしかった。

時間も遅いのに、今から家に来るというが、なぜあんなに焦っていたのだろう。

電話を切った敏子が、ふう…とため息をついたところで、遠くから、コン、コン、という何かが壁を叩くような音が聞こえてきた。

敏子は椅子から立ち上がると、リビングから廊下に出た。

すると、音は明らかに、先ほど人形をしまった物置から聞こえてくる。

コン　コン　コン　コン

恐るおそる物置に近づくと、立てかけていたモップが、なぜか扉の前から動かされており、閉めたはずの扉が半開きになっていた。

扉は内側から何かが、コン、コンと繰り返しぶつかって音を立てている。

敏子は動かされていたモップを手に持つと、意を決して勢いよく扉を押し開けた。

物置をのぞいた敏子は、思わず拍子抜けしてしまった。

お掃除ロボットが動き出して、扉にコン、コンとぶつかっていたのだ。

どうして勝手に作動したのかはわからないが、人形じゃなくてよかった。

電源スイッチを切って、元々あった充電器の場所に設置し直す。

「えっ……！」

その時になってようやく、物置から人形が消えていることに気がついた。

敏子は急いで真衣の眠る寝室へ向かった。

電気を点けるとベッドは空っぽで、人形だけでなく、真衣の姿も見当たらない。

カーテンを引くと、外に面する窓が全開になっていた。

「真衣ちゃん！」

敏子は声を絞り出して窓の外に呼びかけたが、返事がないばかりか、窓から見える範囲には真衣の姿はどこにもない。

敏子は懐中電灯を手に家から走り出ると、近所をあちこち探し回った。

都心から離れた郊外なので、夜がふけると外はかなり暗くなる。

家の前から街の中心部へ続く通りをかなり走ってきたのだが、まだ真衣に追いつくことができない。

街灯のある通りから外れて、雑木林の中などに入っていなければよいのだが…。

もし、真衣に何かあったらどうしよう。

嫌でも芽衣の事故が頭をよぎり、悪い考えを振り払うことができない。

懐中電灯で周囲を照らし、真衣の名前を呼びながら走っていると、通りの向こうから自転車に乗ったスーツ姿の男性が現われた。

「あっ、ごめんなさい。この辺りで、五歳くらいの女の子、見かけませんでしたか。あの…人形を持ってるんですけど」

「ああ…。二人で歩いている女の子ならすれ違ったけど」

「えっ、二人？」

「いや…橋のあたりで、一緒に手をつないで…」

男が振り返って来た道の先を指差すと、頭が混乱してきた敏子は「えーっ⁉」と叫びながら、橋を目指して駆けて行った。

息を切らしながら、敏子がようやく大きな橋が架かっている場所に着くと、橋の中ほどで、欄干に腰かけている真衣の姿が、懐中電灯の光の中に浮かび上がった。

「真衣ちゃん…動かないで…！　今、おばちゃん、行くから…！」

敏子は声をかけながら、少しずつ真衣に近づいて行く。

橋の下は大きな川が流れているのだが、二十メートル以上の高さがある。

落下の衝撃だけで怪我をする可能性があるうえに、泳げない真衣が流れの急な川に落ちてしまったら、とても無事では済まないだろう。

ここまで走ってきたうえに、焦りと緊張が高まって、息がヒーッ、ヒーッと詰まってうまく呼吸すらできなくなってきた。

それでも敏子は、一歩ずつ、一歩ずつ、真衣のほうへ近づいて行く。

あと少し、あと数歩――。

そう思ったところで、真衣は橋の欄干からひらりと飛び降りた。

＊　＊　＊　＊

玄関が、開けっ放しになっている。

実家に着いた忠彦は、嫌な予感が的中しつつあることに震えていた。

「お母さん！　真衣！」

二人の名前を大声で呼んでみたが、家の中からは応答がない。

焦りながら周囲を見渡すと、玄関の外に、人形を持つ真衣の姿が目に入った。

「真衣っ！」

忠彦が駆け寄っても真衣は反応をせず、無表情に立ち尽くしている。

真衣は人形の手をつかんで、引きずりながら家まで歩いてきたようだ。

どこへ行っていたのか、そして何があったのか。

虚ろな表情で立ち尽くす真衣の口の周りには、赤い血がべったりとついていた。

「真衣、どうしたの？　どこか痛い？」

忠彦が懸命に呼びかけても、真衣は心ここにあらず、といった雰囲気だ。

鞄からハンカチを取り出して、口の周りの血をふきとると、驚いたことに傷などはどこにもなく、口の中が切れている様子もなかった。

どこも怪我はしていないのに、なぜか口が血塗《まみ》れになっている。

「おばあちゃんは？」

敏子がどこにいるのか聞いても、真衣はやはり無言のまま何も答えない。

忠彦は質問を諦めると、血のついたハンカチをポケットにしまった。

そして、真衣の手からそっと人形を受け取ると、停めてある車のトランクを開け、積んであるケースの中へ急いでしまった。

貼ってある御札に効果があるのかはわからないが、とにかくこのまま、明日の朝に成就寺の寺嶋へ引き渡すまで、トランクの中にしまっておこう。

人形をしまったところでサイレンが鳴り、家の前にパトカーと救急車が到着した。

何かよくないことが起こったに違いない。

忠彦は真衣を抱き上げると、両腕で強く抱きしめた。

＊　＊　＊　＊

敏子は、両腕と首に包帯を巻くほどの怪我を負ってしまった。

今は、忠彦に付き添われながら、リビングで警察の事情聴取を受けている。

よほど恐ろしい目に遭ったのか、いつもは気丈な敏子がすっかり取り乱しており、横にいる忠彦の目から見ても、かなり錯乱した様子に感じられる。

事情聴取をしている山本という刑事は、敏子の話す内容に対して、露骨に疑いの目を向けていた。


「橋の欄干に座っている孫を助けようと思ったら…。

いや、あれは真衣じゃなかった。そしたら急に何かに噛みつかれて…。

あっ…いや…怖くて、後はもう…」

顔を覆いながら全身を震わせて、敏子はそれ以上話せなくなってしまった。

忠彦が母親の背中に手を添えて落ち着かせようとしていると、山本が意味ありげな目配せをしてきた。どうやら、場所を移して話がしたい、ということのようだ。

山本にうなずき返すと、忠彦は席を立って彼の後を追った。


パトカーや救急車が引き上げていく中、二人は山本の車に乗り込んだ。

助手席に忠彦を座らせると、山本はノートパソコンを取り出した。

「車で通りかかった女性が、倒れている敏子さんを見て一一〇番通報してくれまして。まあ、最初は交通事故だと思ってたんですがねぇ」

そこまで言うと、山本はノートパソコンの映像を見せてきた。

「これ、現場近くの防犯カメラの映像なんですけどね…」

防犯カメラの映像は、橋を斜め上の角度から撮ったものだ。

画面に大きく映っている大型トラックが通り過ぎると、橋の欄干に、小さな女の子が腰かけているのがわかった。服装からして、これは真衣だろうか。

次に懐中電灯の光が女の子に当たり、画面端から敏子が姿を現わした。

敏子が近づいて行くと、欄干に座る女の子は川へ飛び込もうとする動きを見せたが、敏子がすかさず駆け寄って女の子を抱き上げ、欄干から橋のほうへ下ろした。

山本はここでいったん映像を止めると、忠彦に質問をしてきた。

「これは、娘さんで間違いないですか?」

画質が粗いので、敏子が抱き上げている女の子は、真衣のようにも、人形のようにも見えてしまう。

忠彦が首をひねると、山本は「続けます」と言って、映像の続きを再生した。

敏子は抱きかかえた女の子を橋の上に下ろすが、女の子はぐったりとして動かない。

すると突然、画面奥、橋の向こう側から、女の子らしき人影が姿を現わし、ものすごい勢いで走り寄ってきた。

女の子はその勢いで、獣《けもの》のように敏子へ襲いかかると、獲物の首筋をねらうように、正面から首に腕を回して飛びついた。

敏子は、女の子に飛びつかれたまま、激しく揉み合いながらよろめいて、画面の外へフレームアウトしていった。

※防犯カメラの映像は、スマホやタブレットで以下の二次元コードを読み取って確認してほしい

「真衣ちゃんは、一人で帰ってきたんですよね？」

「はい……」

返事をしながら忠彦は、血のついたハンカチを、ポケットの奥へと押し込んだ。

「そうですか……わかりました」

時間はもう、深夜十二時を過ぎている。

強いショックを受けたのだろう、敏子はリビングのソファで眠ったまま動かない。

忠彦は母親を起こさないようにしつつ、腕に巻かれた包帯やガーゼを新しいものに取り換えることにした。

包帯とガーゼを外すと、敏子の左腕には、歯形らしきものが二つもついている。

手首には、皮ベルトが千切れかけた腕時計が巻かれていたが、時計を外そうとして、それがぷつりと切れてしまった。

ふと思いたって、ベルトの断面と腕の歯形を見比べると、ベルトに残る凹凸と歯形がぴったりと一致するので、噛みつかれたせいでベルトが千切れたのは間違いない。

だとしたら、このベルトの断面と、真衣の歯型がもし一致したら、敏子を襲ってあちこちに噛みついたのは、真衣だったということになる。

やめておいたほうがいい。

わかってはいるのだが、忠彦は確かめずにはいられなかった。

真衣を起こさないよう、懐中電灯で照らしながら、そっと寝室へ足を踏み入れる。

ぐっすり眠っている真衣に近づくと、ベッド脇にそっとしゃがみ込む。
そして真衣の唇を指で軽く押し上げ、歯の先にベルトの断面を近づけていく。
あと少し。そう思った瞬間、真衣と目が合った。
眠っていたはずの真衣が、大きく目を剥いて忠彦をにらんでいる。

キィーーーーーッ！

まるで忠彦を威嚇《いかく》するかのように、真衣は甲高い金切り声で絶叫した。

第4章 — Evil —よこしまなるもの

忠彦は、ゴルフクラブを手に、玄関前に腰かけていた。

数メートル離れた場所に停めてある、自分の車から目を離すことができない。

というのも、トランクには、ケースにしまったあの人形が入っているからだ。


昨日は大変な一日だった。

娘の真衣が怪我をして、妻の佳恵が入院し、母の敏子が何者かに襲われた。

母に怪我を負わせたのが、真衣だとは思いたくない。

昨晩は、母の時計のベルトに残った噛み跡と、真衣の歯型が合うか確かめようとしたが、目を覚ました真衣が金切り声を上げたので途中でやめてしまった。

だからあれが真衣の仕業なのかは、いまだにわからない。

でも、何が起きたにせよ、それは真衣のせいではない。

すべてはあの人形のせいだ。今なら、佳恵の言っていたことがよくわかる。

寝つけなかった忠彦は、人形が再び家族を傷つけないように、そして逃げ出さないように、夜明け前から玄関外の石段に腰かけて、ずっとトランクを見張っていた。

万一の護身用にゴルフクラブを握り締めているものの、もし本当に人形が動くのだとしたら、こんなものが役に立つのかもわからない。

早く、人形を引き取りに来てくれ――。

そう思いながら、落ち着かない気持ちで夜明けを過ごしていると、朝七時を少し回った頃、坂道を上ってくる車のエンジン音が聞こえた。

忠彦の前に、『成就寺』というロゴの入ったワゴン車が停車する。

昨晩、お焚き上げ供養を依頼したお寺だ。ようやく本職が到着した。

車から作務衣姿の僧侶が降りてくるのを見て、忠彦は心が少し和らいだ。

やって来たのは寺嶋と名乗る僧侶で、昨夜電話で話した相手と同一人物である。

住職ではないが成就寺に勤める僧侶で、こうした供養品の引き取りを担当しているという。僧侶らしく物腰は柔らかいが、どこか淡々とした雰囲気だ。

人形はトランクの中だと伝えると、寺嶋は細かい事情は一切聞かず、手に数珠と白い布を持つと、足早に車の後ろへ近づいていった。

「気をつけてください」

忠彦はそう声をかけながら、寺嶋の少し後ろで、ゴルフクラブを構えた。トランクが開いたとたん、人形が襲いかかってくるかもしれない。

事情を知らない寺嶋は、忠彦の大げさな様子に眉をひそめながらも、こうしたことは慣れているのか、何も言わずにサッとトランクを開けた。

トランクの中は昨夜人形をしまった時のままで、動いた形跡はない。

忠彦がホッとしてゴルフクラブを下ろすのを横目に見ながら、寺嶋はケースから人形を出して白布で丁寧にくるむと、再びケースの中へ入れ直した。

よく見ると、白布には、お経らしき文字がびっしりと印刷されている。『般若』という字が見えたので、おそらくは『般若心経』が書かれているのだろう。

そして大切そうにケースを抱えると、寺のワゴン車へと積み替えた。

「あの…ここに貼ってある御札には、何が書いてあるんでしょうか？」

「うーん、ちょっとうちの住職に聞いてみないと…。ありがたいお言葉だとは思いますが。この人形を作った『安本浩吉』という人なんですが、昭和初期、新潟県を中心に活躍した……」

「だいたい知ってます」

この話をあまり聞きたくない忠彦は、思わず寺嶋の言葉をさえぎってしまった。

寺嶋はぴくりと動きを止めたが、紫色の大きな布でケースを包みながら、

「そうですか…不思議な因縁でございます」

と言って微笑んだ。

「これって、亡くなった奥さんの副葬品なんですよね。その人形がなんで…」

「もしかしたら、お墓を抜け出して、行方不明のお嬢さんを探していたのかもしれません」

「まさか…」

忠彦がそう呟いているうちに、寺嶋は手早くワゴン車のトランクを閉めると、さっと車に乗り込んでしまった。

「では、お焚き上げは十時からはじまりますので」

運転席の寺嶋はそう言って軽く頭を下げると、人形を乗せて走り去った。

今日の勤務を午後からの半休シフトにしてもらっていた忠彦は、引き続き真衣の面倒をみてくれるように敏子へ頼むと、その足で成就寺へ向かった。

怪我をしている母親に子どもを預けるのは気が引けるが、無事にお焚き上げが終わるまで、この目で見届けなくては安心できない。

＊　＊　＊　＊

初めて訪れる成就寺は、近所にこれほど立派な寺があったのかと驚かされる規模で、広い境内には二つの祭壇が用意されていた。

ひとつは、よく法事で見かけるような、僧侶が読経をあげるための祭壇。

そしてもうひとつは、お焚き上げをするための祭壇だ。

木で組まれた長方形の棚が二段になっており、白い布がかけられている。祭壇には、三十体以上の人形やぬいぐるみが置かれていた。

祭壇前には、忠彦を入れて二十人近い見学者が訪れていた。

みな供養を依頼した人たちなのだろう、表情はいずれも暗い。

読経をする祭壇の前には、紫色の法衣をまとった僧侶が立っていた。

仏教にはくわしくない忠彦でも、紫色の法衣は階級が上であることを知っている。

おそらくはこの人物が、成就寺の住職に違いない。

その脇を、白布でくるんだ人形を抱え、寺嶋が通り過ぎていく。

こちらは黒の法衣に金色の輪袈裟《わげさ》なので、よくみかける僧侶の姿である。

寺嶋は玉砂利をさくさく踏んでお焚き上げ用の祭壇の側に立ち、見学エリアにいる忠彦のほうを向いて一礼すると、布でくるんだまま、人形を祭壇にそっと置いた。

そして住職の後ろに立つ、他の僧侶たちの横に並んで合掌した。

あの人形が最後だったのだろう、「妙法蓮華《みょうほうれんげ》経《きょう》陀羅尼《だらに》品《ほん》第二十六《だいにじゅうろく》…」とすぐに住職の読経がはじまった。

人形がお焚き上げされる様子を見れば、きっと佳恵も安心するはずだ。

忠彦はスマホを取り出すと、お焚き上げ供養の様子をすべて録画することにした。

周りを見ると、同じように録画をしている人や、一心に手を合わせる人、泣きはじめた人などさまざまだ。

しばらく読経した後、寺嶋を含む黒衣の僧侶たちは、近くに設置されたかがり火に近づくと、法衣の脇からたいまつを取り出した。

寺嶋たちは、境内のかがり火からたいまつに火を移すと、お焚き上げ用の祭壇へと向かう。そして、たいまつの炎で祭壇に火をつけた。

小さな火はみるみるうちに広がっていき、やがて祭壇全体が炎に包まれていく。

忠彦はその様子を、最後までスマホで撮影し続けた。

＊　＊　＊　＊

スマホの画面には、先ほど撮影したお焚き上げ供養の様子が映っている。

祭壇は激しい炎に包まれ、人形もその中で燃え尽きていく。

お焚き上げ供養が終わると、忠彦は急いで入院している佳恵の病室を訪れた。

そして不安そうにしている佳恵に、昨晩人形の由来を調べたこと、佳恵がおかしくなったのではなく、やはり人形のせいだと思うので、佳恵を今日退院させようと思っていること、そして人形供養を無事に終えたことを話した。

人形の由来は気味悪そうに聞いていたが、お焚き上げ供養の動画を観て、人形が燃えていく様を確認すると、佳恵は安心したように穏やかな表情を見せた。


「お坊さんが言ってたけど、人形が持ち主の女の子を探していたんじゃないかって」

忠彦がそう話すと、恐ろしい目には遭ったものの、やはり人形のことを哀れに思ったのだろう、佳恵はスマホに向けて小さく手を合わせた。

「でもよかった…何もなくて」

佳恵が晴れ晴れとした表情で笑うのを見て、忠彦は心の内で苦笑いしていた。

真衣は行方不明になりかけて、敏子は襲われて怪我をしている。何もないどころか、眠ることもできないような一夜だったが、そのことを佳恵には伝えていない。

敏子が怪我をしたことだけは軽く伝えたが、真衣が敏子を襲ったかもしれないなどと話して、佳恵の精神状態が再び悪化しては大変だ。

久しぶりに見せる佳恵の晴れやかな笑顔を前に、少し複雑な気持ちになった忠彦は、近くにあった芽衣の写真を手に取った。もういい。嫌なことはすべて忘れよう。芽衣を亡くしたあの日から、忠彦も佳恵も、十分に苦しんできたはずだ。

「何もなくて…か」

「ん？」

忠彦の口調に引っかかるものを感じたのだろう、佳恵に聞き返されてしまった。

これ以上、佳恵を心配させたくない。

「さて、午後の診察を受けて、経過が良ければそのまま退院かな。今日は一緒に帰れるから、ナースステーションに寄ってくれる？」

忠彦はつとめて明るい声を出した。

上司は一日休んでも構わないと言ってくれたのだが、同僚に迷惑をかけるのも申し訳ない。結局、午前中を半休し、午後は一時間早く退勤させてもらうことにした。

時計を見ると十一時を少し回ったところである。

昨日からいろいろあり過ぎたが、あと数時間働けば家族との時間だ。

「一泊二日じゃ入院って言えないね」

佳恵がおどけた口ぶりで微笑むと、忠彦も思わずつられてしまい、二人はベッドに腰かけながら、ふふふ、と声を合わせて笑った。

＊　＊　＊　＊

法衣を脱いで、私服に着替えた寺嶋は、近くにある骨董品店を訪れていた。

ここの主人である古川には、何度も人形を買い取ってもらっている顔馴染だ。

古川はルーペを片手に、寺嶋が持ち込んだ人形を興味深そうに鑑定している。

「噂じゃ聞いたことあるけど、こんなのがまだ出てくるんだねぇ」

「いいから、この安本浩吉、本物？　偽物？」

寺嶋は古川の手から人形を取り上げると、鑑定結果を急かした。

昨夜、人形供養を申し込んできた男から、「安本浩吉」の名前を聞いた時は驚いた。

好事家の間では名の知れた人形作家だが、昭和初期に活躍したのでひと昔前であるうえに、作品数も多くないので、もし本物であれば相当な掘り出し物だ。

「箱書きも落款《らっかん》もあるから、間違いない」

古川は人形の入っていたケースを再び確認してから、鑑定結果を口にした。

「よっしゃあ！　ふはははは」

寺嶋の口から、思わず笑いが漏れてしまう。

「お焚き上げ供養が聞いてあきれるよ」

「本当に焼いたかどうかじゃないの。こういうのは気の持ちよう、セラピーだからね」

「あんた、いつかバチが当たるよ」

古川は非難するような口調で言うが、寺嶋からすれば余計なお世話である。

寺嶋は普段から、お焚き上げ供養の仕事は率先して受け持つようにしている。

電話の応対から依頼の受け付け、申し込みの事務作業、依頼主の元を訪れて供養品を引き取るなど、やるべきことは多いうえ、依頼者に気を遣う仕事なので大変だ。

それでも、皆が面倒に思うこの仕事を引き受けているのは、骨董価値のある供養品を横流しすると、いい小遣い稼ぎができるからだ。とくに人形は高値がつく。

　今回の依頼主は、お焚き上げの様子を見学しに寺へ来るというので、経文の書かれた布でもっともらしく包んだ後、中身をこっそり入れ換えた。

　同じ柄の布で、同じ大きさの物を包めば、どうせ焼くだけなので気づかれない。

　これまでもずっとそうやってきたが、バレたことは一度もなかった。


「それで、いくらになりそう？」

「そうねえ…。あのさ、元々は着物着てたと思うんだけど」

「細けえなあ。ないよ、そんなもん」

「うーん、じゃあ一〇万かな」

「冗談じゃないよ。だったら他の店に持っていくわ」

「んーー。じゃあ一二万！」


　結局、金額の折り合いがつかなかったので、寺嶋は人形をケースに戻して風呂敷に包み直すと、骨董品店を後にした。

　店は駅前の地下街にあるので、寺嶋は地上出口まで階段を上っていく。

古川は残念そうにしていたが、たかが十数万で手放す気はない。着物なんかなくたって、安本浩吉の作品なら喉から手が出るほどほしい連中はいくらでもいる。

「バチでも宝くじでも、当ててみろってんだ。なあ」

階段を上りきったところで、寺嶋は軽口を叩きながら人形のほうを見た。

すると、風呂敷の端から、人形の髪の毛がこぼれ出ていることに気づいた。

きちんとケースにしまったはずなのに、蓋が開いてしまったのだろうか。

とりあえず髪の毛を風呂敷の中へ戻していると、突然、喉の奥に違和感を覚えた。

息苦しい。何かが、喉に詰まっている。

うっ……おえっ……

苦しさのあまりえずくと、口先から何か黒いものが出てきた。

指でつまんで引いてみると、長い黒髪の束が口からずるずると出てくる。

えっ…？　どういうことだ…？

考える間もなく、再び喉から込み上げる感覚に襲われた。

おっ…おえっ……

口から、再び黒い髪の毛があふれ出てきた。

息ができない。苦しい。気持ち悪い。なんだこれは。助けてくれ…。

前かがみになって髪の毛を必死に吐き出そうとしたが、次々と喉の奥から湧いてくるようで、息が詰まって呼吸が苦しくなっていく。

ぐは…ごほっ……

寺嶋は咳き込みながら、ふらふらと数歩よろめいて、そのまま階段脇にある下りのエスカレーター―へ頭から倒れ込んでしまった。

ガン　ドン　ドン　ドン　ドン

激しい音を立てつつ、寺嶋と人形はエスカレーターのステップを転げ落ちていく。途中で人形を納めているケースは、ガシャ、と粉々に砕けてしまった。

物音に気づいた古川が店から飛び出してくると、エスカレーターの下で、顔から血を流した寺嶋が、身動きもせず、うつ伏せになって倒れていた。

周囲には、エスカレーターが下まで運んだガラス片や、ケースの木枠、ボロボロに破れてしまった御札が散乱している。

そして寺嶋の顔の横には、あの人形がまるで寄り添うように転がっていた。

＊　＊　＊　＊

東練馬総合病院は、救急の搬送を受け入れている。

佳恵の病室を出て、十二時からの勤務に備えていた忠彦は、今しがた救急搬送されてきた患者の名前が「寺嶋」だと聞いて驚いた。

嫌な予感を抱えながら、急いで救急病棟へ向かうと、廊下の向こうからストレッチャーに乗せられた患者がやって来た。

救急医と看護師が、険しい表情で患者のバイタルの数値を確認しつつ、ＩＣＵ（集中治療室）へと足早に移送していく。

忠彦は側に近づいて患者の顔をのぞくと、人工呼吸器を装着されてはいたが、間違いなく成就寺の寺嶋である。

つい先ほどお焚き上げ供養を終えたばかりの寺嶋が、事故で瀕死の重傷を負ってＩＣＵへと運び込まれていく。

これも、あの人形のせいだというのだろうか――。

まさかの出来事に茫然としていると、突然、後ろから誰かに呼びかけられた。

「鈴木さんですよね」

振り向くとそこには、作務衣を着た中年男性が立っていた。

顔に覚えがある。これは、つい先ほど見た成就寺の住職だ。

なぜ…？　と思う間もなく、忠彦は住職が手に持つ物を見て息を呑んだ。

お焚き上げで焼いたはずの、あの人形を持っている。

「どうして…？　だって、今日焼きましたよね？」

「どうにも申し訳ありません。うちの僧侶が別の人形と取り違えてしまったようで」

そう話す住職の顔は、申し訳ないという謝罪の気持ちよりも、明らかに恐怖と怯えの感情が勝った表情になっている。

「取り違えって…、どういうことですか！」

「いや、なんとも申し訳ないのですが、この人形は私どもの手に余るものでして。人形供養の専門家を紹介しますので、その方にご相談ください」

「あなた方、専門家じゃないんですか！」

忠彦が困惑する中、住職は懇願するように、ただひたすら頭を下げた。

＊　＊　＊　＊

忠彦は看護師の控え室で、住職に紹介された「専門家」と電話をしていた。

『すいません。アナログ人間なものでスマホもノートパソコンも持ってないんです』

外出先のはずなので、携帯電話はガラケーということか。

穏やかではあるものの、飄々《ひょうひょう》とした、どこかつかみどころのない口調で話すのは、住職から紹介された神田という名の男性で、人形供養の世界では名の知られた、淡島神社の神主《かんぬし》であるという。

人形は、小児用の診療椅子に座らせ、患者を固定する安全ベルトで、両脚と上半身を身動きできないようにしっかりと固定してある。

それでも目の前にある人形が動き出すのではないかという恐怖に駆られ、忠彦は電話をしながら、思わず点滴スタンドの先で人形のことを突いてしまった。

『じゃあ、人形の写真は…？』

『住職からファックスをもらって拝見しました。なかなか厄介な案件のようですね。人形はそのまま動かさないでください。買った時に入っていたケースにしまっていただいて、絶対に出さないように』

住職は忠彦に人形を返却する前に、神田へ早々に連絡を入れて本件を引き継いでくれていた。人形に関する簡単な説明のほかに、写真まで送ってくれていたようだ。まだ十二時を少し回ったところだが、忠彦が電話をした時には、神田はすでに出立の準備を済ませ、図書館で人形について調べものをしていた。そして調べものが終わり次第、早急に病院まで人形を受け取りに来てくれるという。


『それが、ケースは事故で壊れてしまったらしくて』

『そうですか…まいったな。とにかく、私が行くまでは誰も触らないようにお願いします』

『わかりました』

『では、後ほど』

忠彦が『失礼します』と電話を切ると、背後で同僚の看護師である望月の楽しそうな声が控え室に響き渡った。

「なにこれ、すごーい！」

振り向くと、望月が人形を手に持って、その精巧さに驚いている。

望月は、活発で明るい女性だが、言葉よりも行動が先になるタイプだ。

忠彦が電話をしているうちに、いつの間にか控え室へ入って来ていた望月は、珍しい人形を見つけると、忠彦にたずねることなく拘束を解いて手に持ってしまった。

「触るなっ！」

振り向いた忠彦が大声で注意して駆け寄ると、望月は「すいません」と言いながらも、悪びれる様子もなく、「これ鈴木さんのですか？」と明るい調子で聞いてきた。

「ごめん、返してくれる？」

「あっ…はい……」


普段は穏やかな忠彦がひどく不機嫌そうなのを見て、望月は当惑した様子で人形を返そうとしたが、その瞬間、人形の中から、カラン、という小さな音が響いた。

不審に思った望月は、人形を耳元に近づけて、再び小さく揺すってみる。

カラカラ　カラカラ　カラカラ

「あれ？　何か音が…」

「音？」

「はい」


望月から人形を受け取った忠彦は、耳元で人形を振ってみる。

確かに人形の頭部から、カラカラ、と中に何かが入っている音がする。

何度か人形を振ると、薄く開いた唇から、白い欠片《かけら》がぽとりと床に転がり落ちた。

欠片を拾い上げた望月は、

「子どもの歯…ですかね？」

と言って、不思議そうに首を捻った。

＊　＊　＊　＊

心療内科で竹内の診察を受けた後、一泊二日の短いリフレッシュ入院を終えた佳恵は忠彦の待つナースステーションへ向かった。

夫は早退までして、一緒に帰ってくれるつもりのようだが、竹内が診察時間を早めてくれたので、予定より早く退院手続を済ませることができそうだ。

先に帰って、真衣を迎えに行くと伝えようと思ったのだが、ナースステーションには忠彦の姿がない。

仕方なく、その場にいた看護師に、忠彦の居場所をたずねてみた。

この人は確か…望月さん…だった気がする。

「ああ、鈴木さんですか？　放射線科に行ってますよ」

仕事が忙しいのだろう。

伝言を残して先に帰ろうかと思っていた佳恵の耳に、望月の呟きが聞こえた。

「あの人形…持っていったのかなあ…」

＊　＊　＊　＊　＊

ＣＴとはコンピュータ断層撮影法のことである。

ＣＴ検査では、三六〇度方向から連続してＸ線を当てることで、身体の断面の像を撮影する。全身を観察することができ、骨だけでなく、内臓や血管も観察することができるので、医療の現場ではなくてはならない検査法だ。忠彦はまさに今、ＣＴ検査室で、その検査を実施しようとしていた。

ただし、機械へ仰向けに寝かされているのは、患者ではなく人形だ。

転落した衝撃で口の中が欠けたのか、人形の口から、子どもの歯らしきものが出てきたのを見て、忠彦の頭の中には嫌な想像がふくらんでしまった。

それを否定するには、実際に検査して確かめてみるしかない。

時刻はまだ十二時半前。午後の検査で部屋を使うまでに、まだ少し時間がある。

そこで忠彦は、大変仲の良い放射線技師に、無理を承知で頭を下げて、人形をＣＴ検査の機械にかけてみることにしたのだ。

「こんなの上にバレたら、シャレにならないぞ」

「わかってる」

人形を載せた寝台が、リング状の機械の中をくぐっていく。

しばらくすると、手元にある操作コンソールの画面に、撮影された人形の内部構造が映し出されはじめた。

「なんだよ…どういうことだ？」

頭部から順に映し出される人形の内側を見ながら、技師は震える声でうめいた。
画面には、頭蓋骨から、脊椎《せきつい》、肩、両腕、腰、両脚に至るまで、子どもの全身骨格が余すところなく映し出された。

この人形の中には、子どもの全身の骨が、丸ごと一体分入っている。

あまりのことに忠彦が唖然としていると、検査室の扉の開く音がした。しまった、施錠するのを忘れていた。
慌てて扉のほうを忠彦が振り向くと、そこには目を見開いた佳恵が立っていた。

「どうして…どうして人形がここにいるの…?」

＊　＊　＊　＊

「なるほど…行方不明の持ち主を探して…ねえ。昨夜のこともあるし、偶然が重なるといろいろ考えたくなるのもわかりますけどねえ…」

刑事の山本は、忠彦と佳恵から話を聞きつつも、眉をひそめて苦い顔をしている。二人の話など、まるで信じていない様子だ。

ＣＴ検査室の出来事の後、忠彦は昨晩の出来事から検査結果に至るまで、佳恵に対して事の経緯を洗いざらい話した。佳恵はショックで真っ青になったが、今さら隠し事をしたり、うまくごまかすなど、とてもではないが忠彦にはできない。

全身骨格ということは、つまり子どもの遺体が入っているということである。

忠彦は午後の仕事も休みにすると、昨晩の刑事へ人形のことを通報した。

事件性があると判断したのだろう、山本はほんの十五分ほどで病院へやって来た。

いま忠彦と佳恵は、病院の待合室で、山本から事情聴取を受けているところだ。

人形は透明なビニールの証拠品袋に入れられ、山本の脇に置かれている。

時刻はもうすぐ十三時半になろうとしている。

そろそろ淡鳥神社の神田が病院へ着く頃だ。

「実はこの後、人形供養の方に渡す約束をしているんです」

「供養？　燃やすなんてとんでもない。事件性があるかどうか、くわしく調べないと」

山本からは、勘弁してくれよ…という白けた雰囲気すら漂っている。

だがそれを聞いて、忠彦は思わず前のめりになった。

「じゃあ…人形はそちらで管理してもらえるってことですか？」

「当然です」

山本が薄く笑いながら答えると、忠彦は安心して思わず深いため息をついた。

警察なら大丈夫だろう。ようやく、この人形から離れられる。

すると佳恵が、「でも、それじゃあ…」と納得できない様子で話しかけてきた。

このまま警察に預けたら、家族を襲った不可解な出来事の真相は闇の中だ。

佳恵はきっと、何が起きているのかをきちんと確かめたいのだろう。

気持ちはわかるのだが、忠彦はこれ以上、人形と関わり合いになりたくなかった。

「もう、いいんだよ！」

忠彦が強い口調で言うと、佳恵は「えっ？」と驚いた表情になった。

「僕らがやれることはここまでだよ。後はお任せしよう」

「だって…！」

思わず佳恵の声も大きくなったところで、

「旦那さんの言う通りですよ」

と山本が二人の間に割って入ってきた。

人骨が出た以上、事件性の有無を警察で調べなくてはいけない。

いくら納得できなくても、忠彦や佳恵がどうこうできるものではなかった。

佳恵も渋々といった様子で、人形を山本へ託すことに同意した。

＊　＊　＊　＊

待合室で事情聴取が終わる頃、病院の正面玄関に一台のタクシーが停まった。

車からは、黒縁眼鏡をかけ、濃紺のスーツに白いワイシャツとネクタイ姿の穏やかそうな雰囲気の中年男性が降りてきた。

背中にはリュックを背負い、手には布で包んだ長方形の大きな箱のような物を持っているのだが、運転手はトランクからさらにスーツケースまで取り出した。

「重いね…何入ってるんですか？」

「ええ、まあ…」

男は言葉を濁しながら荷物を受け取ると、病院へ向けて歩きはじめた。

＊　＊　＊　＊

果たして、警察に通報したことは正解だったのだろうか。

肩の荷が下りた表情の忠彦と、袋に入った人形を脇に抱える山本と共に病院の玄関へ向かいながら、佳恵の頭にはさまざまな想いが巡っていた。

あの人形は、捨てようとしても、お焚き上げ供養をしようとしても失敗した。

そもそも島に埋葬されたはずの人形が、持ち主の少女を探してここまで来たというのなら、警察で預かったとしても絶対に安全とは思えない。

実際、人形のせいで真衣が傷つけられ、敏子が怪我を負わされている。佳恵の精神は追い詰められ、この手で真衣を傷つけるように仕向けられたかもしれない。

このままうやむやに終わらせることなど、本当にしてよいのだろうか。

佳恵は納得できない気持ちのまま、病院の玄関から外に出た。

外に出ると、すれ違いかけたスーツ姿の男が、こちらへ足早に近づいてきた。

「鈴木…さんですか？」

声をかけられて三人が立ち止まる。

先頭を歩いていた山本は、人形を抱えて後ろを振り向いたのだが、人形を見た男はひどく驚いた表情になった。

「おっと、これは…。相当まずいですね…」

そう呟いたところで、挨拶していなかったことに気づいたのだろう。

会釈しながら、「あ、すみません。私、神田と申します」と名乗った。

一見すると腰の低いサラリーマンにしか見えないが、どうもこれが忠彦の話していた人形供養の専門家のようである。佳恵が想像していた姿とはかなり違っていた。

「あっ…鈴木です…」

忠彦が挨拶を返す。佳恵も頭を下げつつ男を観察したが、やはりなんだか頼りない。

「こちらは、警察の…」

そう紹介された山本は、眉をひそめ、冷たい表情で神田を見ている。刑事である山本にとっては、人形供養の専門家という職業は、詐欺師と同程度にしか思えないのだろう。

「警察…?」

「実は、いろいろありまして…」

忠彦は神田に近づくと、顔を寄せて小さな声で耳打ちをした。

「骨…ですか」

何か思うところでもあるのだろうか、神田は暗い声で呟いた。

「あなたですか、人形供養の専門家というのは。申し訳ないけど証拠品としてこちらで管理することになりましたんで」

山本が突き放すような口調でそう言うと、神田はリュックをゴソゴソと探り、ポラロイドカメラを取り出した。

そして人形に向けて、カシャ、とシャッターを切ると、出てきた写真を山本の前に差し出した。

「この件は、警察では解決できないと思いますが…」

山本は神田から写真を受け取ると、まだ画像が現われていない写真をパタパタと振りながら、呆れたように苦笑して、駐車場のほうへ歩きはじめた。

「この人形が生きていて、勝手に動くなんて、本気で思っているんですか？　もしそれが本当なら、俺は警官なんかやってる場合じゃないな。こいつと一緒に世界中を稼いで回らないと。あはははは」

もはや山本は、佳恵や忠彦、神田に対する感情を隠そうともしない。ニヤニヤしながら馬鹿にした口調で嫌味を言うと、駐車場に停めてある車へ乗り込んだ。

ダッシュボードに写真を放り、証拠品袋に入れた人形は助手席に置くと、山本は車を発進させようとした。

するとと神田が近づいてきて、運転席の窓をノックする。

山本が窓を開けると、外から神田が話しかけた。


「この後はどちらへ？」

「前橋の科学捜査研究所です」

「私も…同乗させてもらってもいいですか？」

「無茶言わないでくださいよ」

「じゃあ…、後ろをついて行くのは問題ない？」

「好きにしてください。ついて来たって、研究所には入れませんよ」

山本は半笑いのまま面倒くさそうに返答すると、窓を閉じて車を発進させた。

神田は、走り去る車をじっと見つめながら、佳恵と忠彦に話しかけてきた。

「あの…、研究所に無事着けるかどうかだけでも確認したいんですが…」

「ええっ……」

忠彦は露骨に嫌そうな声を出したが、佳恵は神田と同じ不安を感じていた。

このまま無事に終わるはずがない。そんな予感が佳恵の胸に広がっていった。

＊＊＊＊

病院を出て、もう一時間以上車を走らせている。

都内では山本の車を見失いそうになったが、周囲の景色が緑になり、道路脇に雑木林が見える頃には道が空いていき、今は前を走る山本の車だけになっていた。

運転は忠彦にまかせて、佳恵は助手席に座っていた。

簡単な自己紹介をした後、神田は後部座席でしばらく深刻そうに考えを巡らせていたのだが、群馬県へ入ろうかという頃、ようやく二人に話しかけてきた。

「私のところに来る相談は、思い込みとか自己暗示にかかっているケースがほとんどですが、今回のはまったく別です」

「教えてください。あの人形はどうして僕たちの所に戻ってきてしまうんですか」

「それは、なんとも…。人形に関する情報は他にないですか？　どんな小さなことでも構いません」

「娘が描いた絵があったんですが、捨ててしまって」

佳恵がそう言うと、忠彦はハッと何かを思い出した表情になった。

「ベビーモニターに真衣が…娘が人形とお喋りしている映像が残っています。いま手元にはないんですけど…。あっ、ガラスケースの写真なら…」

　すると神田はリュックから一枚の紙を取り出した。

「これですね。住職からＦＡＸでいただいてます」

佳恵が紙を受け取ると、それは忠彦が撮影して成就寺の寺嶋に送った写真であった。

改めて見ても、なんと書いてあるのかまったくわからない。

「この御札、達筆すぎて読めなくて」

「そう思われても仕方ありませんが、違うんです」

「えっ？」

神田は佳恵の手から紙を取ると、御札の写真が印刷された面を裏返した。

「普通、御札はそれを扱う人間に向けてあるものですが、これは中の人形に向けて貼ってあるんで、逆さ文字なんですよ」

紙を裏返して、もう一度佳恵に渡す。

光に透かしてみると、やはり達筆ではあるが、『令百由旬内無諸衰患…』と書かれている。

「本当だ…。れいひゃく…ゆじゅんない…むしょすいかん…？」

佳恵がたどたどしく左側に書かれた文字を判読すると、神田はそれを引き継いで、右側に書かれた文字をすらすらと読みあげた。

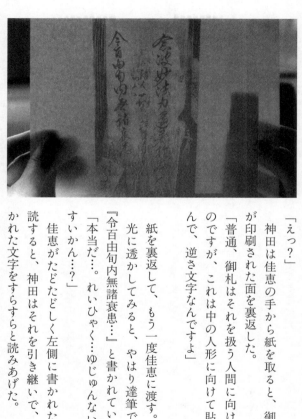

「…無諸衰患《むしよすいげん》、念波妙法力還著於本人《ねんぴみようほうりきかんじやくおほんにん》と書いてあります」

どうやら仏教か神道の用語のようだが、漢字は判読できても意味がわからない。

「…で、どういうことですか？」

忠彦が聞くと、少し間が空いてから、神田は静かな声で言った。

「呪詛返《じゆそがえ》しです」

＊＊＊＊

あと三十分もあれば、目的地に着くはずだ。山本はダッシュボードに固定したスマホのスピーカーホンで、科学捜査研究所の知人に電話をかけた。

それと同時に、ルームミラーで後続車を確認する。

まだ後をついてきている。あの人形供養の専門家という男も、いったいどういうつもりなのだろう。思わせぶりに写真を渡してきた神田や、人形が動くと怯えている鈴木夫妻の顔を思い出して、山本は思わず苦笑してしまった。

「はいはい、もしもし」

「はは、おれおれ。今向かってる」

「検死案件なんだって？」

「そうなんだよ。中に人の骨が丸々入ってるんだよ。そんなもんがそこらで売ってるって相当ヤバいだろ」

「なかなかだなあ…」

「しかもそれを買った客がさあ、人形が生きてるとか言ってて。客のほうがよっぽどヤバいけどね」

「ははは。それじゃあ、とりあえず待ってるから」

そういえば、人形を撮影したポラロイド写真はどうなったのだろう。

ダッシュボードの上から手に取ると、そこには証拠品を保全する透明なビニール袋越しに、人形の顔がアップで写っていた。

ただそこに写っているのは、可愛らしい女の子の人形ではない。

白く艶やかなはずの顔は、なぜか死人のように青黒く、表面はただれたようにでこぼことしていて汚らしい。

獣が威嚇するように歯を剥き出しにしており、その口は裂けたように大きく、顔の半分を占めるかというほどの大きさだ。

髪の毛も薄汚く無造作で、前髪の隙間から、白目でこちらをにらんでいる。

激しい怒りと憎しみを感じる邪悪な表情で、とてもこの世のものとは思えない。

写真の生々しさと迫力に驚いてしまったが、まさか本物のわけがない。

思わず鳥肌が立ってしまったが、手の込んだ手品だろう。

目の前で撮影したポラロイド写真と、偽物をすり替えて渡してきたのだろう。

「ははは…。いや、よくできるけどさ…」

山本は胸の内にわき上がる恐怖の感情を消すように、写真を強く握り潰すと、窓を開けて外へ放り捨てた。

少し進むと、道路が片側車線になっている工事現場が現われた。

青信号だったので横を通過すると、すぐに長いトンネルにさしかかった。

ミラーで確認すると、ずっとついてきた後続車の姿がない。

おそらく先ほどの片側車線で、赤信号につかまったのだろう。

いい気味だ。このまま振り切ってしまおう。思わず口元をゆるめていると、ふと、強烈な違和感を覚えて助手席のほうを見た。


人形が、ない。

助手席から、消えている。


振り返って後部座席も確認したが、車内のどこにも人形の姿がない。

そんな、馬鹿な。あんな大きな人形が、急になくなるわけがない。

そう思いながら前に向き直った瞬間、山本は息を呑んだ。

ボンネットのすぐ先に、透明のカッパを着た、幼い女の子が立っている。
ブレーキを踏んだが、とても間に合う距離ではない。
轢《ひ》いてしまった女の子は、車の下へ吸い込まれるように姿を消した。

山本は車を停めると、急いで外へ飛び出した。
まずは車の下をのぞいたが、女の子の姿はどこにもない。
車の周囲も確認してみたが、女の子も、事故の痕跡《こんせき》も見当たらなかった。
戸惑いながら、もう一度車の下を確認してみる。
すると近くで、苦しそうにうめく、幼い子どもの声が聞こえてきた。

「うっ…う…ん…　うう……　うっ…うっ…」

どこから声がしているんだ…？
声のするほうをよく探すと、後輪のタイヤへ巻き込まれるようにして、車体とタイヤの間に女の子がはさまっていた。

「大丈夫か？　今、車を下げるから……」

急いで運転席に戻ると、山本は車をバックさせていく。

ううっ……ううっ……イタイ……イタイ……痛い……痛い……

声は次第にひび割れ、しわがれたものになっていった。

＊　＊　＊　＊

忠彦は後悔していた。片側車線の赤信号につかまったせいで、山本の車を完全に見失った。もうこのまま、山本の車には追いつけないのではないか。

そう思いながらトンネルに入ると、前方に停車している車が現われた。

こんな場所で、いったいどうしたというのだろう。

「停めてください！」

神田の叫びに合わせて、忠彦は車を急停車させた。

停車しているのは山本の車だった。

トンネルの中なのに、運転席のドアも開けっ放しのまま車を放置している。

車の外では、人形を腕にしっかりと抱えた山本が道の真ん中で正座していた。

そして、ううっ、ううっ、ううっ、と激しくむせび泣いている。

近づいても、まったくこちらに気づく様子もない。

忠彦と佳恵が困惑しながら遠目に見ていると、神田は車から大きな長方形の木箱を取り出して、泣き続ける山本へ近づいていった。

神田はいったん木箱を置くと、山本のすぐ後ろで膝立ちになった。

そして両手を合わせ、パン、パン、と大きく二度、柏手《かしわで》を打つ。

次に両手を山本の背中へ掲げると、「六根清浄《ろっこんしょうじょう》、六根清浄」と唱えながら、右手は時計回り、左手は半時計回りで、左右対称の円を描くように動かした。

最後に、「急急如律令《きゅうきゅうにょりつりょう》」と唱え、両手で山本の背中をバンッとはたいた。

するとと山本はピタリと泣き止んで、虚ろな顔で放心したように動かなくなった。

神田は、山本の側を離れると、やはり何かを唱えながら、地面に置いた長方形の木箱の留め金を、パチン、パチンと外していく。

忠彦の耳には「…清《きよ》め給《たま》う」と神田が唱える言葉が聞こえたので、この木箱も何かしら宗教的な力を持つ物なのだろう。

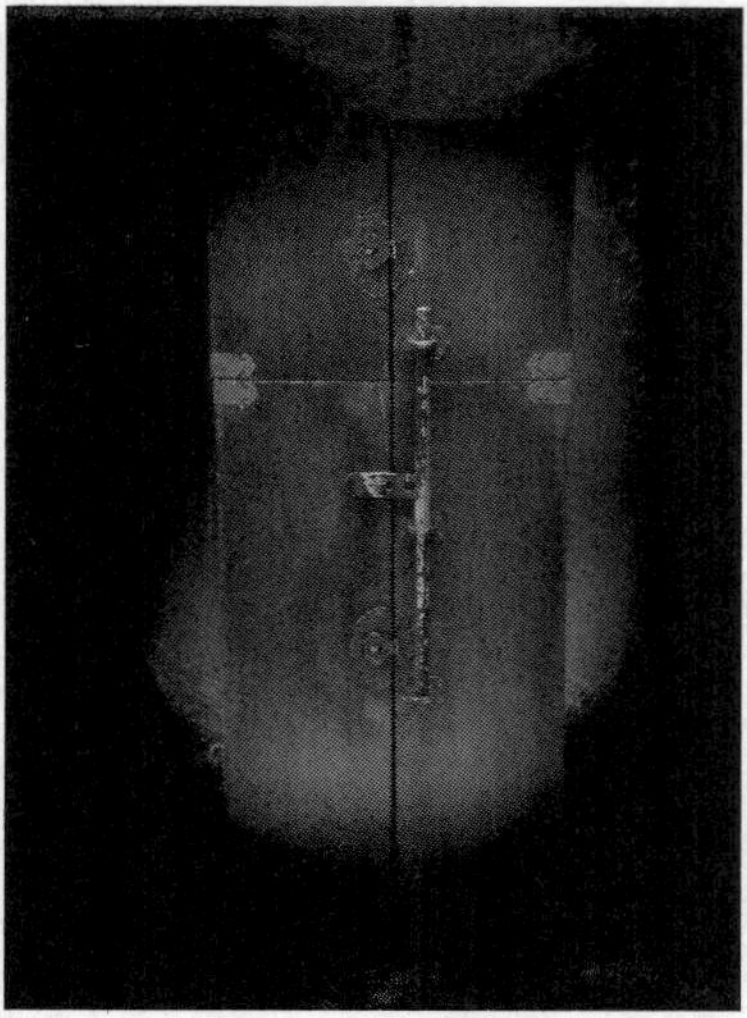

箱は観音開きになっており、中央の留め金を外すと、左右に開く構造になっている。

左右の蓋を開くと、箱の中央には人型のくぼみが設けられていた。どうやらこれは、人形を納めるための特殊な箱のようである。

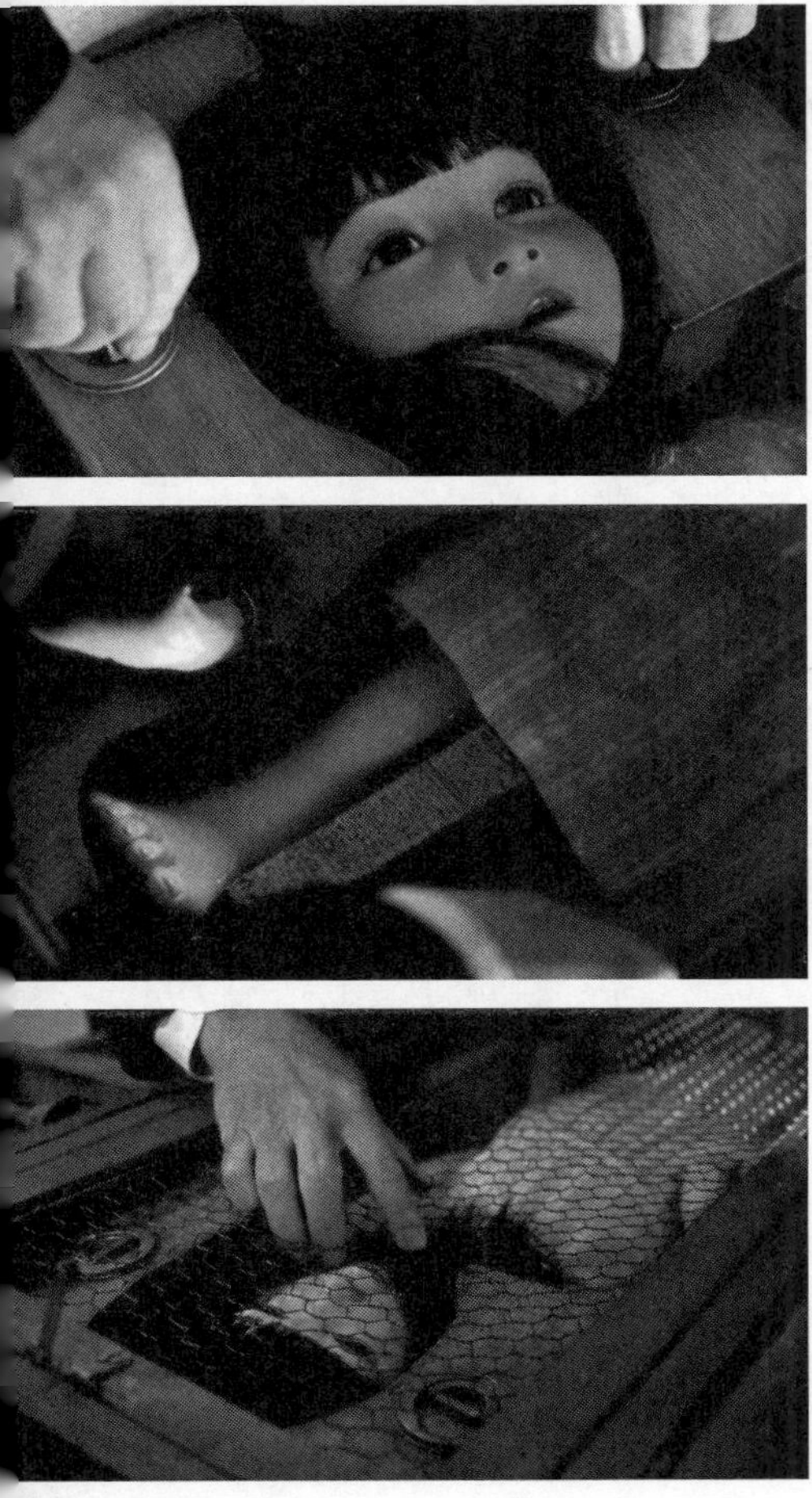

くぼみの上には、取り外しできる金網がついており、神田はそれをいったん外すと、山本の腕から人形を取り上げて、木箱のくぼみへ人形をはめ込んだ。

人型のくぼみは、左右に取りつけられた木の枠で挟むように作られており、木枠の横にある調節ダイヤルをひねると、枠の隙間を自在に変えることができる。

これにより、さまざまなサイズの人形を収納することができる仕様になっていた。神田は頭の横や足元など、いくつかあるダイヤルをひねって、人形が動くことのないようしっかりと固定した。

さらに、人形の上へ金網を取りつけて、木枠と金網で二重に拘束すると、再び左右の蓋を閉じて留め金をかけ、人形をしっかりと中へ閉じ込めた。

柔らかい物腰のため、一見頼りなさそうに思えた神田だが、ここに至って「専門家」と呼ばれるにふさわしい手際の良さを発揮すると、魂が抜けたように放心している山本をその場に残し、木箱を手に持って忠彦と佳恵の元へ戻ってきた。

「あと少しだけ、お付き合い願えますか」

神田がそう頼んでくると、

「お断りします！　これ以上人形に関わるつもりはありません」

と忠彦は強い口調で拒絶した。

警察に預ければ安心だと思ったのに、人形の力はそれを上回った。

何があったのかはわからないが、山本は魂が抜けたようになってしまった。専門家である神田が、あの人形を木箱の中にとらえてくれているうちに、早く人形との関わりを断たなくては、これから先どうなるかわからない。

忠彦はそう思って神田の頼みを断ろうとしたのだが、佳恵からは「えっ?」と非難するような目を向けられてしまった。

「お気持ちはわかりますが、お巡りさんはしばらくあのままでしょうし、ここに置き去りにされましても…」

そう言いながら神田は、ぼんやりしたまま動かない山本に目をやった。

確かに、自分たち夫婦のために駆けつけてくれた神田を、山本と一緒に置き去りにするわけにはいかない。

「じゃあ、どこまで行けばいいんですか?」

それでも忠彦は、思わずうんざりした声を出してしまった。

「人形収集家で、安本浩吉研究をしている方と、なんとか連絡がつきまして」

神田はスーツの内ポケットから一枚の紙を取り出すと、忠彦に渡してきた。

「そう遠くはないんで、送っていただけますか？　お二人はそれでお引き取りいただいて結構です」

忠彦が折り畳まれた紙を開くと、それは『人形博物史』という本の表紙と裏表紙をコピーしたもので、「池谷宗治《いけたにむねはる》」と著者の名前が書かれていた。

行きたいのは、この人物がやっている『池谷人形博物館』という場所らしい。

「もしかしたら、安本礼さんの行方がわかるかもしれません」

神田の言葉に、忠彦は嫌でも自分たちが真相へ近づいていることを感じていた。

第5章 — Truth —真実は、夜よりも暗く

そう遠くはない、という神田の言葉は嘘ではなかった。

二十分ほど車を走らせると、目的地である池谷の自宅へとたどり着いた。

木々と庭に囲まれた立派な屋敷で、ここは池谷の自宅を兼ねた『池谷人形博物館』という私設博物館としても知られている。

池谷は八七歳という高齢のため、現在は博物館は休館中のようだが、多少古びてはいるものの、いまだに立派な外観を保っている。

「ここまでで、いいんですよね？」

車から神田の荷物を下ろしながら、忠彦は念を押すように問いかける。

「はい、ありがとうございました」

神田が頭を下げると、佳恵と忠彦は車の中に戻った。

本当に、これでいいんだろうか。佳恵は自分に何度もそう問いかけている。

すぐにでもこの場を立ち去りたそうな夫と違って、佳恵は後ろ髪を引かれるような気持ちで、神田の持つ人形の入った木箱を見つめていた。

すると、庭の奥から電動車椅子に乗った老人が姿を現わして、神田のほうへと近づいてきた。年齢からして、彼が人形収集家の池谷だろう。

「神田です」

「少しだけでいいので、見せてもらえないかな」

池谷がそう言うと、木箱を地面に下ろす、ガシャン、という音があたりに響いた。

佳恵は車を発進させようとしている忠彦の肩を叩いて、窓の外へ目配せした。

さすがの忠彦も、池谷が人形を見てなんと言うのか気になったのだろう。息をひそめて池谷のことをじっと見ている。

「どうぞ」

神田は木箱を縦にして置くと、留め金を外して左右の蓋を開いた。

池谷は車椅子を近づけて、人形をじっとのぞき込む。

眉間に深い皺を寄せ、汚いものへ近づいたかのように、口にハンカチを当てている。人形収集家が、有名な人形作家の作品を見る仕草には思えない。まるで、何かおぞましいものを見ているかのようだ。

「本物だ…。浩吉の人形に間違いない」

そう言うと、これ以上見たくないというように、池谷は箱の蓋を静かに閉じた。

「実はこの人形の全身に、子どもの骨が入っていまして…」

という神田の言葉にも、驚いた様子を見せないどころか、

「やっぱり、あの話は本当だったのか…」

と池谷が呟くのを聞いて、佳恵と忠彦は思わず身を乗り出してしまった。

数分後、佳恵たちは池谷に先導され、庭に面した廊下を歩いていた。

足元では年季の入った木張りの板がギシギシときしんでいる。

広く立派な屋敷の中には、他に人の気配が感じられない。

目の前を車椅子で進む池谷は、自身の収集した人形に囲まれながら、たった独りで

寂れた私設博物館の跡地に暮らしているのだろうか。

不自由な身体では独りきりの生活は困難だろうし、屋敷の中は古いながらも綺麗に整頓されているので、日常の介助や、家事などをしてくれる者はいるはずだ。

でもそれは、池谷が雇っている介護者や家政婦かもしれなかった。

わざわざ確かめようとは思わないが、池谷からは独りで生きてきた者特有の頑固な気難しさと共に、ある種の強さや威厳のようなものが感じられた。

そして池谷は、おぞましい人形の正体に迫る、「何か」を知っている。

先ほどの言葉を聞いて、佳恵だけでなく、あんなに帰りたがっていた忠彦までが車から飛び出し、話を聞くために池谷の元へ駆け寄ってしまった。

「若い頃、私は新潟県のある集落の駐在所勤務でした。安本浩吉と名乗る男が自首してきたんで、彼の調書を取ったんですが、これがとても信じられない話でねえ……」

池谷の話を聞きながら、何度か廊下を曲がった先に、その部屋はあった。

車椅子で出入りできるようにしてあるのだろう、扉などは設けられていないので、廊下からも部屋の中にたくさんの人形が飾られているのがわかる。

中に入ると十畳もない広さなのだが、四方の壁に設けられた棚には、何十という人形が陳列されており、圧巻の光景に佳恵は思わず息を吞んでしまった。

棚に並べきれないものは床にまで置かれており、着物の日本人形から洋装のドールまで種類もさまざまである。等身大の娘人形から、手のひらに乗りそうなものまであるが、共通点はいずれも精巧で美しい、ということだ。

部屋の中央には絨毯《じゆうたん》が敷かれ、そこに置かれた重厚な木製のテーブルには、資料となる本がページを開かれた状態で陳列されている。

壁には収集品のお面のほかに、額に入れて飾られた古い資料や新聞記事なども飾られているので、ここが人形博物館の展示室ということなのだろう。

飾られた資料の中には、警官の制服に身を包んだ、二十代の若者の色あせた写真があるので、「新潟県のある集落の駐在所勤務」として働いていた、若き日の池谷だろ

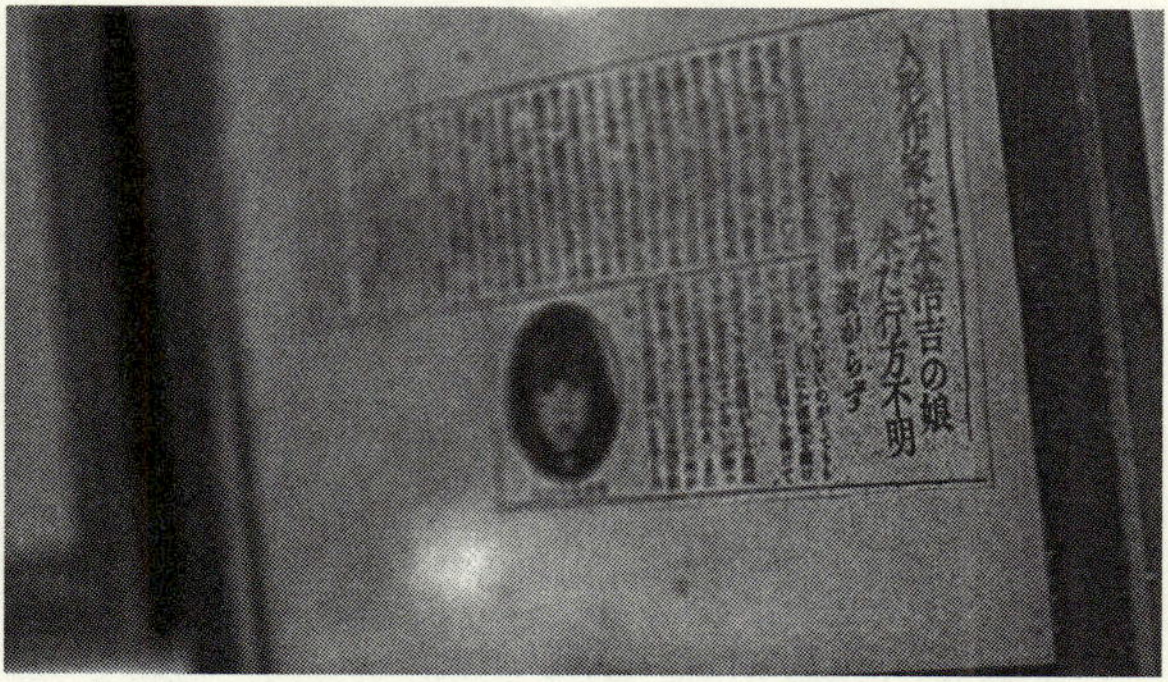

う。
そして写真の横には、ひとつの古い新聞記事が額に入れて陳列されていた。

『人形作家　安本浩吉の娘
未だ行方不明
捜査網　廣がらず』

「まあどうぞ、座ってください」

池谷は部屋の奥まで車椅子で行くと、三人には椅子を勧めた。

佳恵、忠彦、神田は、机を挟んで池谷と向き合うように座った。

「娘の礼は、行方不明ということになっているが、それは事実ではないと言うんです」

「えっ…？」

池谷の予期せぬ言葉に、佳恵は思わず声をあげてしまった。

＊　＊　＊　＊

私の人形は　良い人形
目はぱっちりと　色白で
小さい口元　愛らしい
私の人形は　良い人形

礼の髪をとかしながら、妻の妙子《たえこ》が歌っている。

浩吉が人形作家をしているせいで、家の中には制作途中の人形が置かれているからだろう。妻はよくこの子守唄で礼をあやしていた。

土間に置かれた大釜では、ぐつぐつと湯がわいている。

厳しい冬が訪れるこの地では、火がなくては生きていけない。

だが、人形を作って細々と生計を立てる浩吉には、大釜をわかすための薪や炭を十分に用意するだけでも大変で、妻や娘に美味しいご飯を食べさせることも、綺麗な着物を買ってやることもできなかった。

浩吉の家は古い木造の平屋で、玄関の戸を引くと、襖や障子は一切ない。

だだっ広い二十畳ほどの空間で、その大半は炊事場や作業場となっている土間だ。

土間は床板が敷かれておらず地面のままなので、冬は氷のように冷たくなる。

大きな町に住む者からすれば、きっとあばら家のように見えるだろう。

だが大雪の降るこのあたりでは、水や火を使う炊事場と、工具を使う作業場は室内に設けられていることが多く、どこも浩吉の家と似たような造りである。

それでも今は、土間から上がった居住空間を襖や扉で仕切る家も多かった。

病弱な娘のために、せめて襖だけでも設けて寒さをしのぎたいのだが、粗末な食事を日々得るのも厳しい貧乏生活では、家を改装することもままならなかった。

安本浩吉は、一八九〇年、新潟県蔵川郡泉地村《くらかわぐんせんちむら》に生まれた。

初代浩吉である父親も人形作家で、都会の文化に憧れる豪農や商家を相手に、舞踊や歌舞伎を題材にした作品を制作したり、受注生産で精緻な桐塑人形《とうそにんぎょう》を作っていた。

浩吉は幼い頃から父を手伝い、桐の木粉《もくふん》と生麩糊《しょうふのり》を練り上げた「桐塑」と呼ばれる素材の作り方と扱い方を学んできた。

桐塑は練り上げてすぐは、弾力があるうえに粘着性もあってくっつきやすく、自由な形を作ることができる。

一方で乾燥させると、木材のように堅く丈夫になり、細かい彫刻を施すことができるので、精巧な人形に必要な、細やかな造形も表現できた。

とはいえ、桐塑だけでは、丈夫な人形を作ることはできない。

まず初めに、木で骨格となる人の形を作り、その上に素材となる桐塑で肉づけをしていく。顔や手足など、人形の命とも言える部分は細やかに美しく造形し、そこに布や和紙を貼って仕上げる。

桐塑人形は、その素材の性質から、人形に繊細な表情を与えることができるものの、それゆえにどこまでも奥が深く、一朝一夕では技術が身につかない。

父から受け継いだ技術を磨き、二代目浩吉となってからも、満足のいく人形を作ることは容易ではなかった。浩吉は今年で四二歳になるが、未だに完璧な人形を作るには至っていない。

父を亡くした後は、最初こそ同じような作品を制作していたのだが、顧客に求められる人形を次々に制作できる職人肌の父とは違って、納得のいく人形を作るまで長い時間を費やす浩吉は、頼まれても人形を量産することができなかった。

次第に浩吉への依頼は減っていき、生活は困窮していったが、それでも魂と執念のこもった浩吉の人形は、一部の好事家からは高く評価され、足りない材料費を援助してくれる者や、たとえ一年かかっても完成を待ってくれる者がいたおかげで、幸いなことに、浩吉はいまだに人形作家を続けることができている。

そう思えば、自分は幸せな人生を送っているのかもしれない。

貧しくとも人形の制作に打ち込める日々は苦にならないし、何よりこんな自分でも、妙子という妻を持つことができたうえ、五年前には娘の礼まで授かった。

今も、浩吉が人形の頭をやすりで整えている間、妻は歌いながら娘の髪を優しくといている。娘は布団に腰かけながら、お気に入りのビー玉を大切に握り締め、愛くるしい笑顔で母親に微笑み返していた。

そんな家族の姿を見ながら人形制作を続けていると、浩吉もまた、口元が緩んで自然と笑みが浮かんでしまう。

ゴホッ　ゴホッ　ゴホッ

突然、礼が激しく咳き込んだ。

苦しそうに身体を丸めて、何度も何度も咳をする。

妻はその背中を必死にさすっているが、礼の咳はまるで治まらない。

よほど苦しいのか、宝物のビー玉が手からこぼれ落ちた。

礼は生まれつき身体が弱いせいで、どこにも行くことができない。

娘の哀れな姿を見ながら、浩吉の胸は激しく痛んだ。

＊　＊　＊　＊

その日、外から帰ってきた浩吉が見たのは、天井に渡された太い梁《はり》に巻かれた一本の縄と、土間の床に倒れている妻、そして首を吊って揺れる娘の姿だった。

古くて劣化した縄は、大人の体重は支えきれなかったのだろう。

一本は途中から千切れており、ぐったりはしているが、妻はまだ息をしている。

だが、梁からぶら下がっている礼は、息ひとつ、身動きひとつしていない。

布団に下ろして必死に蘇生を試みたが、愛する娘が目を開けることはなかった。

やがて意識を取り戻した妙子に、礼だけが逝ってしまったという悲しい事実を伝えたのだが、娘の死を知っても妻は泣き出すこともなく、ただ虚ろな目を宙にさまよわせるだけであった。

妙子は極貧の中、片時も離れず病弱な礼の看病をし続けた。その暮らしがどれだけ妻を苦しめていたのか、浩吉は今になってようやくわかった。


この暮らしでも構わない、貧しくとも十分だと思っていたのは、つまるところ浩吉だけで、妻からすれば、娘ともども死んだほうが幸せだったのかもしれない。

だとしたら、礼の死は、すべて自分が招いたことだ。

人殺しの罪人として、妻を警察に引き渡すことはできない。

このことは、すべて隠し通さなくては――。

妻の罪を隠すためだと心を奮い立たせ、まず礼の身体を裂いて内臓を取り出した。

そして土間の大釜で湯をわかすと、そこに娘の遺体を入れて煮た。

娘より大きな獣でも、皮をはぎ、内臓を抜いて、沸騰《ふっとう》した湯で煮れば、半日もあれば肉は柔らかく溶け、骨から綺麗にはがれ落ちていく。

もちろんそれだけでは処理しきれないので、最後は骨についた肉や脂を丁寧に洗い流す必要がある。

娘の骨の欠片も失うことのないように、浩吉は床中に骨を並べると、何時間もかけてひとつひとつ綺麗にしていった。

本来であれば、骨格標本を作る際、骨に含まれる脂を薬液で脱脂する。そうしないと、やがて骨の表面がべたべたとしてくるのだが、娘に薬ひとつ買ってやれなかった浩吉に、そんな金はどこにもない。

時間をかければ、脱脂《だっし》する方法は他にもあるが、そこに手間どっては、いくら近所付き合いの薄い浩吉とはいえ、娘がいないことを不審に思われてしまう。

浩吉は娘の遺骨をそのまま桐塑で塗り固めると、そこに爪や髪の毛、歯も埋め込み、持てる技術のすべてを注いで、亡き娘の姿を桐塑人形として再現していった。

不眠不休の作業を何日続けたのだろうか。

浩吉の手元には、初めて満足のいく、最高傑作の娘人形ができあがっていた。


人形が無事に完成すると、浩吉は「数日前から娘がいない」と警察へ訴え出た。

浩吉は事情を聞かれたが、妻のことは一切口にしなかった。

妙子は一命を取り留めたものの、あれ以来すっかり容態を崩して、布団に臥《ふ》せたきりになってしまった。そんな妙子のことを、尋問するようなことは誰もせず、型通りの捜索が続いた後、礼は行方不明として人々の記憶から次第に忘れられていった。

だが、浩吉がなんとか守り抜こうとした妙子は、その後快復することもなく、半年も経たないうちに息を引き取ってしまった。


家族を失くし、その引き替えに最高傑作を作った浩吉は、もはや鬼になっていたのかもしれない。それから浩吉が作る人形には、まるで生きているかのような、魂がこもっているかのような生々しい精緻《せいち》さが宿るようになり、数年もすると、浩吉は桐塑人形の名工と呼ばれるまでになっていた。

浩吉は、幼い子どもを亡くした親に頼まれると、特別な技法を用いて、その子どもによく似た人形をこしらえるようになり、そうした人形の多くには、本当に魂が宿っていると人々から噂された。

＊　＊　＊　＊

「その後、妙子の遺言に従って、人形も棺《ひつぎ》に入れられ、神無島《かんなじま》に埋葬したと…」

池谷の話をそこまで聞いて、佳恵は思わず叫んでしまった。

「じゃあ、人形が礼本人だったってこと？」

「裏付けをとるために神無島へ渡り、なんとか墓を見つけましたが、中には妙子の遺骸だけで、人形なんてなかった…」

昔を思い出しているのだろう、池谷の目は遠くを見つめている。

「だったらなんで、骨董市なんかに…」

どうにも納得できない忠彦の問いかけには、池谷ではなく神田が答えた。

「その頃にはもう、浩吉人形は高値で取り引きされていましたからね。墓をあばいて盗む不届き者もいたんでしょう」

そう、墓は誰かにあばかれていたのだ。

池谷は、あの日、駐在所を訪れた浩吉の姿を今も忘れることができない。

一九五九年、池谷はまだ赴任したばかりの二二歳であった。

のんびりした田舎なので、喧嘩の仲裁しかやることがないと言われていた矢先に、痩せ細り、ぼろぼろの服をまとった老人が駐在所にやって来た。

老人は目をぎらつかせて「安本浩吉」と名乗った。

そして、自分の娘の遺体で人形を作ったと告白しはじめた。来年で七〇歳になり、もはや余生もわずかなので、己の罪を償うために自首してきたのだという。

にわかに信じられる話ではなかったが、本当に安本浩吉であれば、地元が誇る現代の名工である。むげに扱うわけにもいかなかった。

だが、肝心の人形がなければ、自首をしたとて、どうにもできない。

池谷は仕方なく、浩吉の言葉に従って、神無島で妙子の墓を探すことにした。

この神無島というのは、干潮になるわずかな時間だけ本土から歩いて渡れる小さな島で、「普通ならあの島に墓は作らない、昔は罪人が埋葬された土地だ」と地元の人たちから教えられた。

そんな場所に妻を埋葬するなど、ますます信じ難い話である。

ところがあちこち聞いて回ると、当時、埋葬を手伝ったという者が見つかった。

その者によれば、甕《かめ》の形をした棺に遺体を入れ、確かに神無島に土葬したようで、浩吉は人形を「娘の身代わりだ」と言いながら棺の中に入れたので、そのことが何やら気味悪く、しっかり覚えているという。

しかも、神無島に埋葬してほしいというのは、他ならぬ故人の遺言だったようで、そんなことを望むなど、生前にどんな罪を犯したのだろうと思ったそうだ。

とはいえ、墓標《ぼひょう》も立てず、ただ地面に甕《かめ》を埋めただけなので、探し出すには大変な苦労をすることになった。浩吉自身も、手伝った人間も、くわしい場所まで覚えておらず、地元の人間も怖がって、島での墓掘りなど誰も手伝ってくれない。

それでも池谷が諦めずに捜索し続けたのは、あまりに真に迫った告白と、何より聴取を機に、浩吉の制作した人形の数々を目にしたことが大きい。

当時の池谷は、人形など女や子どもが喜ぶだけのものだと思っていた。ところが、浩吉の作った人形の数々を見るうちに、すっかり人形に心を奪われてしまった。

もし本当に娘の遺骨を使って、浩吉が最高傑作を作ったというのならば、それはどれほど美しい人形なのだろう。ひと目見てみたいという気持ちが、池谷の粘り強い捜索の後押しとなっていた。

結局、数か月間かけて、池谷は妙子の墓を見つけ出した。

だが墓はすでに何者かにあばかれており、人形は盗まれた後だった。

墓の中に人形がなかったことを伝えると、浩吉はとたんに怯えた様子になり、長年過ごした生家から姿を消して、そのまま行方知れずとなってしまった。

あれから、六十五年の歳月が経つ。浩吉が生きているわけもないのだが、それでも浩吉の遺した人形は今でも収集を続けている。

この出来事以来、すっかり人形に魅了された池谷は、せっかく勤めた警察を辞め、さまざまな仕事をしながら人形収集に明け暮れてきた。

親族が亡くなり、相当な額の遺産を受け継いでからは、さらに収集へ拍車がかかり、ついには人形博物館を建て、本を執筆し、この世界ではそれなりに名の知られる人間となっていた。

「そんなことがあって以来、私はずっと礼の人形を探してきた。一生かかっても手に入れたいと思っていたが間違いだった。その人形を、早く持って帰ってくれないか」

池谷はそう話を締めくくると、三人へ人形を持って立ち去るように伝えた。

浩吉の話は本当だった。池谷は礼人形を見た瞬間、その禍々《まがまが》しさに圧倒された。長年、人形収集につとめていると、人形に対する気持ちが研ぎ澄まされて、人形の良し悪しを感じる、ある種の霊感に近いものが身についてきた。

だからわかる。この人形は、とても池谷の手に負えるものではない。

おそらく浩吉にとっては、礼人形が最高傑作なのだろう。

だが池谷が追い求めてきた人形は、あのようなおぞましいものではなかった。

胸に去来する無数の想いと、得も言われぬ虚しさが池谷を包んでいた。

三人は池谷の元から去ると、車へ戻るために、再び庭を歩いていた。

佳恵は歩きながらひとつの決意を固めると、後ろにいる神田のほうを振り返った。

＊　＊　＊　＊　＊

「あの…！　アヤちゃんを、お母さんの所に返してあげられませんか？」

佳恵がそう言うと、車に乗ろうとしていた忠彦が驚いた声をあげた。

「母親の所って…。新潟県のその島に行くってこと？」

「だって、無理やり引き離されたんだよ！」

「いや、だけど…」

佳恵のあまりの剣幕に、忠彦はやや面食らった様子で口ごもっている。

すると、神田が二人に声をかけた。

「ご心配なく。そのつもりです。後は私の仕事ですから、どこか近くの駅で降ろしてください」

「えっ…独りで？」

佳恵は信じられないという口調で神田のことを見た。

このままだと、佳恵が神田について行くと思ったのだろう。

忠彦は小さくため息をつくと、佳恵の側に駆け寄って肩を叩いた。

「僕が行くから、君は先に真衣のところに帰ってて」

もう、人形に関わり合いになりたくない。それが本音だ。

でも、妻を守るためなら、自分が神田と行くしかない。

「ううん。私も行く。アヤちゃんとお母さん、ずっと会いたかったはずだもん」

そう言うと佳恵はポケットから、額に入れた芽衣の遺影を取り出した。

いつだって、亡くした娘のことを忘れたことなどない。

そして、愛する子どもの死に責任を感じながら、苦しみ、死んでいった母親の気持ちはよくわかる。自らを罪人の眠る島に埋葬させ、せめて娘の遺骨とは共にいたいと願った、その悲しく切ない想いを、再び成就させなくては。

佳恵は芽衣の遺影を指先でそっとなでた。

「最後まで見届けたいの…お願い」

佳恵の懸命の想いが伝わったのだろう。

忠彦は無言のまま、佳恵のことを見つめ返してきた。

わかったよ、一緒に行こう。忠彦からもそんな決意が伝わってくる。

神田もまた、二人の覚悟を感じ取ったのだろう。

「ここから先は、相当な覚悟がいりますが、本当によろしいでしょうか？」

そう問いかける神田の目には、初めて見せる凄みが宿っていた。

第6章 ― Godless ―神無き島へ至る道

忠彦の運転する車は新潟県内に入り、海沿いの道路を走っていた。

時刻はもうすぐ十八時。間もなく日没を迎える空は、雲に覆われて薄暗い。

目的地へ着く頃には、もうすっかり日が暮れているはずだ。

池谷に衝撃的な真実を聞かされたせいだろう。車内は重い空気に包まれて、新潟へ来るまでの二時間半、三人はほとんど無言のままだった。


沈黙を破ったのは、後部座席に座る神田だった。

「神無島は、一時期心霊スポットとしてかなり有名だったんですよ」

「行ったことはあるんですか?」

忠彦の問いかけに、神田は嫌そうに眉をひそめた。

「まさか…。そんな恐ろしい所、わざわざ好きこのんで行きませんせん」

「そんなに怖い所ですか? 肝試しの動画を観ましたけど、特に何も…。オカルトレンジャーとかなんとかって…」

あおるばかりで、まるで肩透かしの動画である。

忠彦にはいまひとつ、神田の怯えかたがピンとこなかった。

話に興味を持ったのだろう、助手席の佳恵が、スマホで動画を検索しはじめた。

「えーと…。オカルトレンジャーが行く、神無島で生き人形を捕まえろ…?」

佳恵が、動画のタイトルを読みあげた。

「ああ、それだ」

忠彦が返事をすると、佳恵はスマホで動画を再生しはじめた。

オカルトレンジャーの陽気な声が車内に響くと、神田も身を乗り出して、スマホに流れる動画を食い入るように眺めている。

『全然何にもねえじゃん』

『お墓なんか、どこにもないしね』

動画の中では、オカルトレンジャーの五名が何も見つけられないまま、島から帰っていく姿が映されている。

「結局、ただの山登りにしかならないから、誰も行かなくなっちゃうんですかね…」

忠彦がバカにした口調で言うと、神田は予想外の言葉を返してきた。

「いや、私には十分恐ろしいですよ」

「えっ……？」

「最後のほうをよく観てください」

神田がそう言うので、佳恵はスマホを操作して動画を少しずつ戻していった。

「ここです」

画面下には、『戻っていくオカルトレンジャー』というテロップが表示されており、島を出て、来た道をつまらなそうに歩く、メンバーたちの後ろ姿が映っている。

「車で来たのって、何人でしたっけ？」

神田に問われた佳恵は、画面を指差しながら順にメンバーを数えていく。

「五人ですよね。ブルー、イエロー、グリーン、ピンク、レッド……？」

青色の上着の男性がブルー。

黄色のパーカーの男性がイエロー。

迷彩色のパーカーの女性がグリーン。

桃色の帽子と上着の女性がピンク。

最後は、紺色の服に白いスカートの女性。

…女性？　レッドは男性だったはず。


「レッドは、カメラマンですよね？」

神田の言葉に二人は思わず息を呑んだ。

カメラマンはレッドで、本人が画面に映る時は自撮りの映像である。

「えっ…、じゃあこの人は…」

佳恵の声には、当惑と怯えが入り混じっているが、忠彦も同じ気持ちだ。

池谷の話では、かつては罪人たちが埋葬された島であるという。

言い換えれば、島全体がひとつの大きな墓地ということだ。

女が本当に霊だとするならば、軽いノリで訪れた若者たちですら、とり憑《つ》かれたということだ。この島には、想像以上に多くの魂がさまよっているのかもしれない。

忠彦たちはそんな場所へ行って、妙子の墓を掘り返そうとしているのだ。

「これは、肝試しじゃ済まないですよ」

神田は深刻な表情のまま、これまでになく暗い声で呟いた。

＊　＊　＊　＊

水平線の向こうに、緑に覆われた島が見えてきた。

どうやらあれが、神無島のようである。

遠目に見ても、それが佳恵の想像よりはるかに大きな島なのがわかった。

妙子は大きな甕に入れて土葬されており、他の罪人たちと同じく、墓石や墓標などは建てられていないという。

だとしたら、木々の生い茂る島の中から、どうやって墓を見つけ出せばいいのだろうか。適当に掘り返すだけでは、何日あっても見つけられなそうだ。

早く人形を妙子の墓に戻したい佳恵は、今すぐにでも島へ向かって、墓を探したい気持ちだが、満潮のうちは島との往来は危ないので禁止されている。

このあたりの海は、潮の流れが非常に速く複雑で、泳ぎはもちろん、小舟であっても無理に渡ろうとすると、沖に流されてしまう危険があるからだ。

島へ渡ることができるのは一日に約二時間。

干潮になると、浜から島へと続く砂浜の道が浮かび上がる。季節によって異なるが、今は四月下旬なので、午前九時から十一時頃の間だけ、神無島へ至る道が開かれる。

調べたところ、近くの海岸沿いに宿が一軒あったので、今夜は三人でそこへ泊まることになっている。

天然温泉つきというので、佳恵は小綺麗な旅館を期待していたのだが、到着してみると、昭和から抜け出したような古くひなびた日本家屋で、十室もない小さな宿で

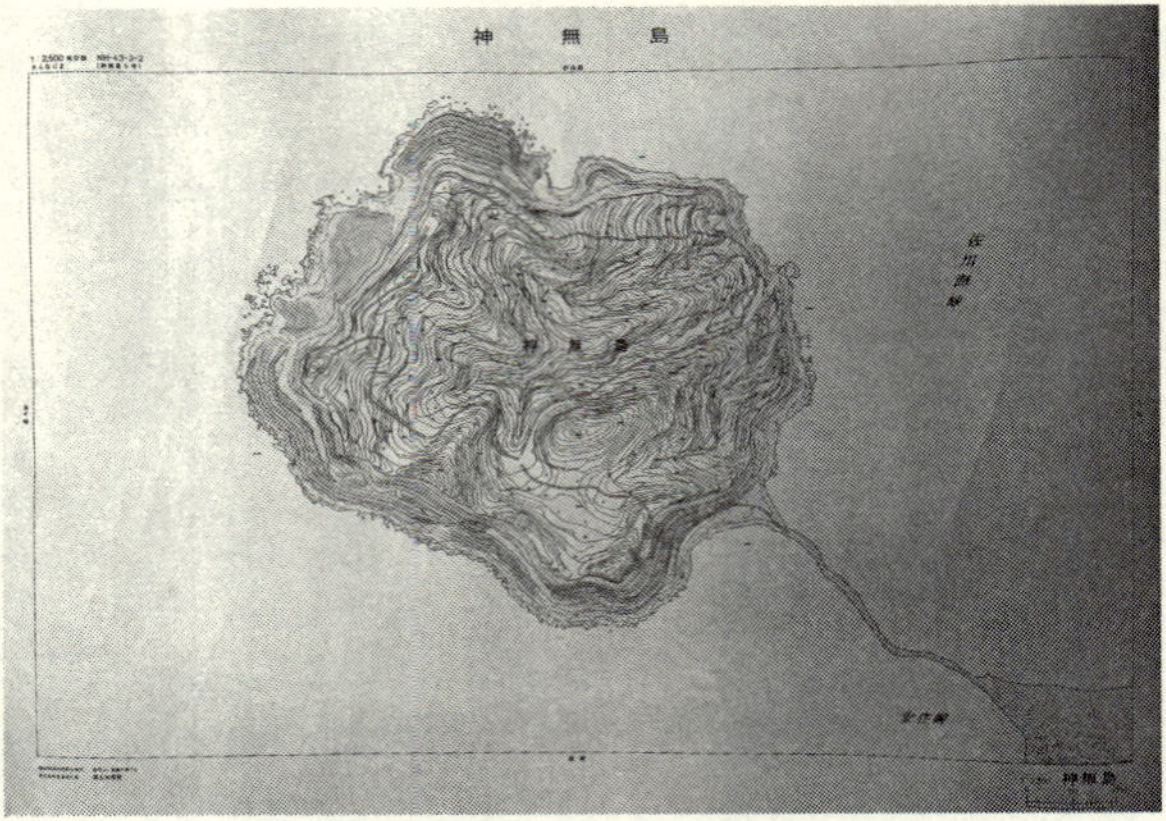

あった。

受付には、七十代とおぼしき日焼けした白髪の老人が立っていた。

「いらっしゃいませ。ご記帳をお願いします」

宿の主人は、低くかすれた声でそう言うと、笑顔ひとつ見せずにペンをこちらへ差し出してきた。

忠彦が記帳をする間も、宿の主人は吸いかけの煙草から指を離すこともなく、露骨にいぶかしむ目でこちらのことを見てくる。

バッグひとつない軽装の夫婦と、リュックにスーツケース、木箱を持った中年男性の組み合わせは、かなり奇妙に見えるのは間違いない。

他人のこうした態度には慣れているのか、神田はまるで気に留めない様子で、玄関脇の壁に貼ってある、古い地図を食い入るように眺めていた。

しばらくすると、神田は受付のほうを振り向いて宿の主人に呼びかけた。

「あのー、返却しますんで、この地図お借りできますか？」

それは、詳細な地形が記された、神無島の地図だった。

＊　＊　＊　＊

渡された鍵で部屋に入ると、そこは古めかしい昔ながらの和室であった。

座卓の前に座ると、佳恵と忠彦は、身につけていた時計や指輪、携帯電話、財布などを机の上に置いていく。

今日はあまりにも多くのことが起きすぎた。

宿に着いたらひと休みしたかったのだが、どうやらまだ、神田の部屋で何かやることがあるらしい。

神田からは、準備が整い次第、壁を叩いて合図をすると言われていた。

「壊れたり、失くしたら困る物は置いてきてって、どういうこと?」

佳恵が不安な気持ちになっていると、

「さあ…」

忠彦も言葉を濁しながら、落ち着かない様子で首を傾げている。

すると、神田のいる隣の部屋から、コンコン、と壁を叩く音がした。

これが、「準備ができたので、こっちの部屋に来てくれ」という合図のようだ。

＊＊＊＊

部屋の襖を開けたとたん、二人の顔に冷たい何かがパッと振りかけられた。

「きゃっ」と驚いて声をあげつつも、佳恵は口の端に塩気を感じていた。

目の前には、烏帽子《えぼし》を被り、狩衣《かりぎぬ》をまとった神田が立っていた。

いわゆる、神社で見る神主さんの恰好だ。

神田が手にした皿には「塩湯《しおゆ》」と呼ばれる清めの塩水が入っており、それを榊《サカキ》の葉で振りかけてきたようである。

「本当ならうちのお宮でやるべきなんですが、今回は緊急なので」

神田はそう言いながら、二人のことを室内に招き入れた。

室内は四方の壁に「しめ縄」が張り巡らされており、縄にはイナズマのようにギザギザした白い紙、いわゆる「紙垂《しで》」がつけられている。佳恵は専門家ではないので、くわしいことは知らないが、確かこの紙垂は、神聖さや清浄を表していたはずだ。

部屋の奥には小さな神棚が設けられており、中央には鏡、両脇には榊の葉、その前には皿や水器が置かれている。きっと米、塩、水、酒などを祀っているのだろう。お祓い用の大麻《おおぬさ》も置かれ、神棚を中心に火の灯った蝋燭《ろうそく》が数本立てられていた。

佳恵は本格的に準備された室内を見て驚くと共に、なぜ神田があれだけ大荷物だったのか、その理由がようやくわかった。

室内の柱や部屋の角には、養生テープで緩衝材が貼られており、座卓は脚に緩衝材をつけたうえで部屋の隅に立てかけられていた。

壊れたら困る物は置いてくるように言われていたが、家具や壁にまで緩衝材を取りつけているのを見て、ここで何が行われるのか、佳恵はますます不安になってきた。


「灯りを消してください」

二人が室内に入り襖を閉めると、神田は電気を消すように言ってきた。

「あ、はい…」

戸惑いながらも、忠彦はスイッチを押して電灯を消す。


今や室内を照らすのは、蝋燭のわずかな灯りだけである。

神棚の前には、宿の主人から借りた神無島の地図が床に敷かれており、地図の上をまたぐようにして、奇妙な形をした、木製の三脚らしき物が立てられていた。

この三脚の上には、糸を巻いた輪がつけられ、そこから垂れた糸の先には、金属製の錘《おもり》がぶら下がっていた。何に使う物なのか、佳恵にはまったく想像がつかない。

「こちらへどうぞ」

神田は地図の近くに腰かけるよう案内すると、自身は神棚の前に座り、手に持った鳴り物をリーンと鳴らしてから、おごそかに清めの言葉を唱えはじめた。

「天地玄妙呪禁加持力《てんちげんみょうじゅごんかじりき》、無上霊宝呪禁神変加持《むじょうれいほうじゅごんしんぺんかじ》」

神田は清めの言葉を唱え終わると、今度は人形を納めている木箱の前へ移動した。人形の姿が見えるように縦に置かれた木箱の蓋を開けると、中から強烈な臭いが漂ってきた。佳恵や忠彦だけでなく、神田まで口元を押さえるほどの腐臭である。

焦点の定まらない不気味な目つき。食いしばるようにむき出しになった歯。死人のごとく灰色にくすんだ肌の色。

金網の向こうに拘束された人形は、神田の張った神域の結界の中で、そのおぞましい正体を現しはじめていた。

佳恵は、人形の真の姿に衝撃を受けていた。

今まで自分は、こんなに恐ろしいものを、亡き芽衣の代わりとして可愛がったり、真衣の遊び相手として与えてきたのか。

次に神田は三脚に近づくと、上に取りつけられた糸巻きのハンドルを回した。輪がキリキリと回って糸が伸び、先端につけられた錘が下がっていく。

錘があと少しで地図に触れそうな位置まで下げると、神田は「天地《てんち》一切《いっさい》清浄《しょうじょう》祓《はらひ》」の祝詞を唱えはじめた。

天清浄《てんしょうじょう》　地清浄《ちしょうじょう》　内外清浄《ないげしょうじょう》　六根清浄《ろっこんしょうじょう》と祓給《はらひたま》ふ

天清浄とは　天の七曜九曜《しちようくよう》　二十八宿《にじゅうはちしゅく》を清め

地清浄とは　地の神三十六神《かみさんじゅうろくじん》を清め

すると、誰も触れていないのに、糸に吊るされた錘が、震えるように少しずつ動きはじめた。

やがて錘はくるくると回り、地図の上で大きく円を描いた。

内外清浄とは
家内三寳大荒神《かないさんぼうだいこうじん》を清め
六根清浄とは
其身其體《そのみそのたい》の穢《けが》れを祓給《はらひたまへ》
清め給ふ事の由《よし》を
八百万《やおよろづ》の神等《かみたち》　諸共《もろとも》に
小男鹿《さをしか》の八《やつ》の御耳《おんみみ》を
振立《ふりた》てて聞《きこ》し食《めせ》と申す

神田が唱え終わるのと同時に、錘は回転を止めると、地図の一点を指し示した。

それを見た神田は、脇から機材を取り出して、佳恵と忠彦に渡してきた。

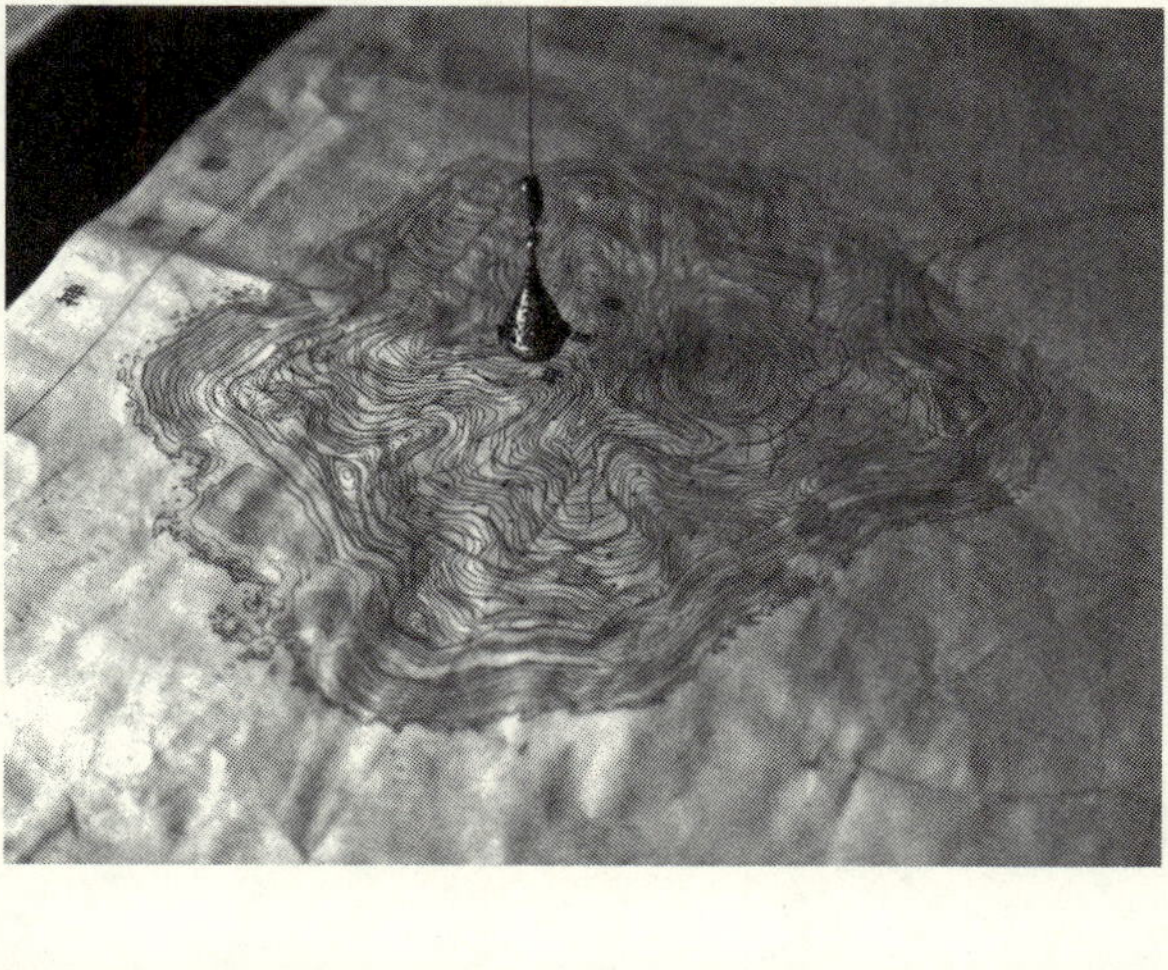

「錘が指している場所をスキャンして、拡大コピーしてください」

どうやら渡されたものは、手に持って動かす棒状のハンディスキャナーと、それを出力するハンディプリンターのようである。

「そうですねえ…三倍でお願いします」

神田は古めかしい円形計算尺で地図を見て、拡大する大きさを伝えてきた。


錘が指した一帯をハンディスキャナーで読み取ると、接続されたプリンターから、三倍に拡大された地図が、複数の紙に分かれてプリントアウトされてきた。

二人が拡大された地図を錘の下に並べ直すと、神田は再び祝詞を唱えはじめた。

錘は再び、地図の一点を指し示す。

二人はその場所を再度スキャンして、拡大コピーを並べると、神田が祝詞を唱えて錘を動かし、また示す場所をスキャンする。この作業を三人は何度も繰り返した。

佳恵はここにきて、神田のしようとしていることがようやくわかってきた。

どうやら神田は、礼人形に地図を見せながら方角を定めることで、島のどこに妙子

の墓が埋まっているのか、その詳細な場所を割り出そうとしているのだ。

「あと何回くらい…」

「そうですね、あと二、三回あれば…」

佳恵の問いに神田が答えたところで、突然、室内がカタカタと揺れはじめた。

小さな振動は、次第に家具まで揺れる大きなものに変わっていく。

危険を察知したのか、神田は人形に駆け寄ると、手早く木箱の蓋を閉じた。

その間にも揺れはますます激しくなり、もはや地震のような激しさだ。

神棚に置かれた蝋燭が、次々に倒れて火が消えていく。
とたんに、部屋の中は真っ暗になった。
揺れがひときわ大きくなったところで、立てかけてあった座卓が倒れてきた。
バキッ、ガシャン……
座卓の倒れた先には、人形を納めた木箱があった。
箱が砕け、金具が壊れる音が暗闇に響く。
「しまった！」
神田の焦った様子から、人形が拘束から解放されたことが伝わってくる。
すると激しかった揺れが、何事もなかったかのようにピタリとおさまった。
忠彦は急いで電灯のスイッチを押したが、どういうわけか明かりが点かない。

「ダメだ…」

そう呟いたところで、忠彦の近くを何かが走り抜けた。

バタバタバタ　ガタッ　ガタッ　バタバタバタ

揺れが止まり、静かになった室内で、何かが周囲を走り回る音がする。

床だけではない。壁や天井など、あちこちから足音が聞こえてくる。

「えっ！　うわっ！」

忠彦は、すぐ近くに気配を感じて、思わず声を上げてしまった。

「下手に動かないほうがいい！」

神田の呼びかけで、佳恵も逃げたい気持ちを抑え、その場でじっと息をひそめた。

バンッ　バンッ　バンッ　バンッ

まるで獣が暴れ回るかのような激しい音が、部屋の四方から聞こえてくる。
「奥さんの後ろに、私のカメラがあると思うんですが」
神田にそう言われて、佳恵は暗がりの中で背後を探った。
指先に触れた物を確かめると、どうやらポラロイドカメラのようである。
バンッ　ガタガタ　バタバタバタ　バンバンッ　ガタガタガタッ
その間にも、周囲の足音はますます激しくなり、四方八方から聞こえてくる。
このままでは、いつこちらに襲いかかってくるかわからない。
佳恵は暗闇の中でカメラを探り、ボタンがどこにあるのかを確かめる。
そして物音のするほうに向けて、パシャッとシャッターを切った。
強いフラッシュに照らされて、部屋の中が一瞬だけ明るくなった。
その瞬間、佳恵ははっきりと見た。

床の間に四つ足でうずくまる姿は、もはや人形とは思えない異様さだ。

黒く濁った眼は、獣のような鋭さでこちらをにらんでいる。

裂けたように大きな口からは、食いしばった歯がむき出しになっている。

肌は死体のように青黒く、脚を開いて手をつく様は、まるで野生の猿のようだ。

先ほど見た姿よりも、さらに化け物じみた雰囲気になっている。

池谷の話を聞いてから、礼という少女に同情していたせいで、佳恵の中では人形は怖いものというより、哀れでいたましい存在になっていた。

けれど佳恵は今、ようやく自分が相手にしているものの正体を理解した。

目の前にいるのは、ただの可哀想な女の子ではない。

怒りと憎悪にまみれ、他人に害をなす、恐るべき悪霊なのだ。

音のする方向に合わせて、佳恵は何度もカメラのシャッターを切り続けた。

暗闇の中を恐ろしい形相で駆け回る礼が、フラッシュの光に浮かび上がる。

その動きを見るにつけ、どうやら礼は神田のことを狙っているようだ。

佳恵がフラッシュをたいて人形の姿を追いかけている間、忠彦は近くにあった布製のランドリーバッグを拾い上げていた。

そして、フラッシュに照らされた礼が、神田へ飛びかかろうとするタイミングに合わせて、忠彦はランドリーバッグの口を大きく広げた。


「捕まえたっ！」

グアアアッとうなりながら、礼はバッグの中で激しく暴れている。

「魔《ま》封《ふう》呪《じゅ》縛《ばく》　急《きゅう》急《きゅう》如《にょ》律《りつ》令《りょう》」

神田はそう唱えると、忠彦の抱えるバッグに御札を貼りつけた。

するとバッグが大きく跳ねて、神田のことを後ろに突き飛ばした。

驚いた忠彦も「うわっ」とバッグを放り出し、よろけて尻もちをついてしまった。

数秒後、チカチカ…と電灯が点滅して、消えていた明かりが室内を照らした。

御札を貼られたバッグはしばし床でもだえた後、動きを止めて静かになった。

きっと、元の人形の姿に戻ったのだろう。

佳恵と忠彦がほっとため息をついていると、床に座る神田がうめき声をあげた。

神田は、人形に弾き飛ばされた勢いで、よろけて床に落ちていた木箱の残骸を踏んでしまっていた。そして運の悪いことに、板には長い釘がついていた。

「やっちゃいました…」

苦痛と後悔のにじむ声でそう言った神田の右足の甲からは、尖った釘が突き出し、白い足袋を真っ赤に染めていた。

＊　＊　＊　＊

朝になると、宿の目の前にある海岸からは潮が引いて、島へと続く道がうっすらとできはじめていた。

チェックアウトを済ませた佳恵は、御札が貼られたランドリーバッグを両手でしっかりと抱えながら宿を出た。

横を歩く忠彦は、拡大地図とスコップ、袋に入れた紐や固定金具を持っている。

二人が駐車場へ回ると、軽トラックの荷台に座る神田の姿があった。

荷物も横に載せてあり、これから宿の主人に病院へ運んでもらうことになっている。

昨晩、忠彦が宿にあるもので応急処置は施したが、消毒してタオルで巻く以外にどうすることもできず、朝になると神田の右足は赤く腫れてきてしまった。

古い釘が刺さったこともあり、破傷風《はしょうふう》の危険もあるので、とてもではないが、この状態で島へ行くことはできない。

忠彦は、無理に同行しようとする神田を制止して、きちんとした検査を受け、抗生物質を投与するなど、病院で適切な治療をしてもらうように説得した。

「応急処置しかしていないんで、病院でちゃんと治療してもらってください」

「一番大事な時に、本当に申し訳ないです」

心配する忠彦の言葉に、神田は頭を下げて悔しそうに謝っている。

「目標地点まで行ったら、これを使ってください。金属探知機です」

神田は荷物の中から、細長い機械を取り出した。

「あの頃の棺には、習わしで六文銭が入っているはずなんで、反応した所に棺が埋まっています」

そう言うと神田は、金属探知機を忠彦に手渡した。

昨夜は儀式が中断したので、あれ以上地図を拡大することができず、「このあたり」という場所しかわかっていない。

あとは手当たり次第に掘るしかないと思っていた佳恵は、もしかすると墓を見つけるまでに何日もかかるのではないかと不安になっていた。でも金属探知機があれば、限られた二時間の中で、妙子の墓を見つけ出すことができるかもしれない。

三人が話していると、宿の主人が姿を現わした。

親切なことに、このまま神田を検査のできる総合病院まで運んでくれるらしい。

「そんじゃ」と主人が声をかけると、「お願いします」と神田もうなずいた。

そして軽トラックは、神田を乗せて二人の前から走り去って行った。

人形供養の専門家はもういない。祝詞を唱えて悪霊を鎮めることもできない。ここから先は、佳恵と忠彦の二人だけですべてを終わらせる必要がある。


腕時計は、午前九時を指している。

タイムリミットは、ここから二時間。忠彦はタイマーをセットした。

それを超えると、島と本土をつなぐ道は海の下へ消えてしまう。

ここから先は、もう引き返せない。

二人は決意を固めると、神無島へ続く道に足を踏み入れた。


島へ続く砂浜の道そのものが、すでにかなりの距離がある。

あと少しで島へ着くという時、佳恵が後ろを振り返ると、先ほどまでいた海岸はずいぶん遠くになっていた。

もし、二時間以内にこの道を通って対岸まで戻れなければ、この島でひと晩過ごすことになる。人形の入ったバッグを抱えたまま、罪人たちの魂がさまよう島で夜を明かすような危険は犯したくない。

何があっても時間内に妙子の墓を見つけて、礼人形を墓に戻す必要がある。

島の入口には、神社にあるような、しめ縄が張られていた。

まるで、この先は危険、と言われているかのようだ。

二人は意を決してしめ縄を越えると、木々に覆われた神無島へ足を踏み入れた。

＊　＊　＊　＊

島へ足を踏み入れると、にわかに空が曇りだし、ゴウゴウと強い風が吹いてきた。まるで島全体が、招かれざる客を拒絶しているかのようだ。

二人は地図を頼りに、生い茂る木々の間を抜け、岩場を登り、道なき道を進んだ。

佳恵は息があがって、忠彦の後をついて行くだけで精一杯だったが、手を貸してもらいながら、なんとか目的地である小高い丘までたどり着くことができた。

最後に錘が指し示した拡大地図には、「鳥居」が描かれていた。

どうやら妙子の墓は、鳥居の近くにあるようなのだが、見通しのいい平らな丘に、それらしきものは見当たらない。

「鳥居…鳥居の近くに墓があるはずなのに…」

地図を確認しながらここまで来たので、おそらく場所は合っているはずだ。それなのに目印になる鳥居がないので、忠彦は苛立った様子で周囲を見渡している。

「そんなもん、どこにも…。うわあっ！」

あたりを見回していた忠彦は、何かに足をとられて前のめりに転んでしまった。

「大丈夫…？」

佳恵は忠彦の元へ駆け寄ると、何につまずいたのだろうと振り向いた。

「ああっ…！　鳥居…」

そこには風雨にさらされ、朽ちて崩れた鳥居の残骸《ざんがい》が転がっていた。

よく見れば、丘の平地には不自然なほど下草が生えていない。

墓標はどこにもないが、目の前に広がる茶色い地面は、もしかすると見捨てられた罪人たちの墓場かもしれなかった。

佳恵は、持参した固定金具を地面に打ち、金具と金具に紐を結ぶと、一定の幅に紐で地面を区切っていく。

そして忠彦は区切られた列ごとに、金属探知機が反応しないか探していく。

こうすれば、探し漏れたり、何度も同じ場所を調べなくて済む。

空には厚い雲がかかり、風はますます強くなってきた。

もう三分の一を調べているが、未だ探知機は何の反応も示さない。

「時間がない…あと三十分で帰らないと戻れなくなる」

時計を確認したのだろう、焦った様子で忠彦が呼びかけてきた。

もう一時間以上経過したので、島を下りて、さらに対岸へつながる道を歩くことを考えれば、妙子の墓を見つけるリミットは確かにそれくらいだ。

だが次の瞬間、忠彦の持つ金属探知機が、ピーピーと音を立てて反応した。

佳恵は忠彦の元へ駆け寄ると、二人で地面を掘り返していく。

掘りはじめるとほどなく、ガンッ、とスコップが当たる音がした。

甕はそう深くに埋められておらず、名前の書かれた丸い蓋が土の下から現れた。

蓋の上についた土を払うと、『昭和拾弐年没　長島せつ』と書かれている。

どうやら違う人間の墓を見つけてしまったようだ。

忠彦は、「違う…！」と悔しそうに蓋を叩いた。

もう時間がない。

焦りながら再び金属探知機で調べはじめると、すぐ近くで反応があった。掘り返すと甕の蓋が出てきたが、そこには『大正六年没　瀬川豊子』とあった。

「これも違う…！」

忠彦の声には、焦りと苛立ち、そして怒りがにじみはじめている。

金属探知機に三度目の反応があった時、残された時間はあと十五分もなかった。

これが違っていたら、もう諦めて戻るしかない。

佳恵は祈るような気持ちで、甕の蓋から土を払いのけた。

『昭和七年没　安本妙子』

「あった…」

隣にいる忠彦が、歓喜の声をあげる。

とうとう妙子の墓を見つけ出すことができた。

あとはこの中に、母親から引き離された哀れな人形を戻せばいい。


重い蓋をどけると、深い甕の底に、白骨化した妙子の遺体が入っていた。

これが金属探知機に反応したのだろう、当時『三途の川の渡し賃』とされていた一文銭が六枚、紐に通して妙子の首にかけられていた。


二人は甕の縁に線香の束を置くと、妙子の遺体に手を合わせた。

悲しい運命をたどった母と子が、ここでようやく一緒になれる。

何度も恐ろしい思いはしたが、母と引き離された幼い礼の哀れな魂には、どうしても同情を禁じえない。

芽衣を失くした悲しみが、妙子と礼の境遇に共鳴しているのかもしれなかった。

佳恵はランドリーバッグにくるんだまま、人形を甕の中にそっと入れた。

これで終わり。

そう思った瞬間、佳恵のズボンのポケットから、何かが甕の中に滑り落ちた。

「ああっ……！」

ランドリーバッグの上に落ちたのは、携帯サイズの額に入れて、肌身離さず持っていた芽衣の写真であった。

佳恵は必死に拾おうと手を伸ばしたが、甕の中はかなり深く、どんなに身を乗り出しても底のほうには手が届かない。

「もういいから！　もう行かないと！」

忠彦は止めようとしてくるが、芽衣の写真を甕の中に入れて蓋をしたら、娘の魂まで閉じ込めるような気がして、佳恵にはとても耐えられなかった。

「支えてて！」

佳恵はそう言うと、もっと身を乗り出して手を伸ばしたが、甕は佳恵の背丈よりも深いので、どうしても写真に触れることができない。

佳恵はいったん身体を起こすと、「おいっ」と制止する忠彦を無視して、今度は足から甕の中へ飛び込んだ。

甕の底は思いのほか広い。

尻もちをついてしまったが、妙子の遺体を傷つけることなく、その横に着地した。

芽衣の写真を拾い上げると、佳恵はそれを大切に握り締めた。

もう二度と、芽衣を手放さないと決めている。それがたとえ写真だとしても。

だが、佳恵は気づいていなかった。

甕へ入る時、縁に置いていた線香を一本、バッグの上へ落としてしまったことに。

そして、線香の火に触れたとたん、貼られていた御札が激しく燃えて、ほんの数秒で灰になってしまったことに。

ウウーッ

気配を感じて顔を上げた佳恵の目の前で、布製のバッグが大きく動きはじめた。

布にくるまれていても、中の人形が立ち上がりはじめたのがわかる。

ウウーッ　グウウウウーッ　グアアアアアアッ

獣じみた低いうなり声が甕の中に響き、バッグの口をこじ開けるようにして、再び悪霊と化した礼が、その恐ろしい姿を現わした。

憎悪のこもった悪鬼のような黒い眼、大きく裂けた口、牙のようにむき出した歯。死人のように青黒くただれた肌は、強い腐臭を放っている。

「うわあああっ」

佳恵は悲鳴をあげて立ち上がると、何度も手を伸ばして甕の縁をつかもうとした。やっと片手が縁をつかんだのも束の間、もう一方の手を礼がぐっと握ってきた。

このままでは、彼らと共に、暗く冷たい土の下へ引き込まれてしまう。

やめて、離して。真衣の、忠彦の、家族の所へ帰らなくてはいけない。

佳恵は必死に身をよじり、礼の手を振りほどくと、両手で甕の縁をつかんだ。

外からは忠彦が手をつかんで引っ張ってくれている。

佳恵の身体は少しずつ上がりはじめたが、礼も逃がすまいと手を伸ばし、今度は足首を握られてしまった。

嫌だ、嫌だ、自分はこの哀れな悪霊の母親ではない。

本物の母親は、白骨になって甕の底にいる。

お願い、離して。佳恵は最後の力を振り絞り、身体を思いきり持ち上げた。

ついに礼の手が足を離すと、佳恵はそのまま勢いよく甕の外へ転げ出た。

甕の外に佳恵が出ると、忠彦は素早く甕の蓋を閉じた。

力を使い果たした佳恵は、荒い息のまま、その場に仰向けで倒れた。

すぐ側では、忠彦も気力が尽きたように、地面にへたり込んでいる。

やっと終わった——。

安心して佳恵がひと息ついた瞬間、甕のほうに髪の毛がグイッと引かれた。

甕の縁に頭を向け、仰向けの姿勢で倒れているのだが、焦った忠彦は、佳恵の髪が甕の中に垂れた状態のまま、急いで蓋をしてしまったらしい。

その髪の毛が、甕の中からもの凄い力で引っ張られている。

まだ終わっていなかったという恐怖に、佳恵は「あああっ」と悲鳴をあげた。

突然のことに忠彦は目を丸くして、固まったまま動けずにいる。

髪の毛はどんどん甕の中に引き込まれ、佳恵の身体は仰向けのまま、ずるずると甕のほうに引きずられていく。抵抗したくても、身体を起こすことができない。

その時、佳恵はすぐ近くに、地面から突き出た石があることに気がついた。

芽衣、ごめんね。

佳恵は心の中で小さく謝ると、芽衣の写真を収めている額を、近くの石に向けて思いきり叩きつけた。

ガシャと音がして、額にはめられていたガラスが粉々になる。

佳恵はその中で一番大きな破片を持つと、両手を頭の後ろに回し、ガラスの破片でガリガリと髪の毛を切っていった。

髪をすべて切った佳恵は、自由になった身体を起こして蓋のほうを振り向いた。

切られた髪の毛は、蓋の中へ吸い込まれるように消えていく。

続けて何か起こるかと身構えたが、中から聞こえていたうなり声は消え、耳に届くのは自分の荒い息づかいだけ。

次第にたちこめていた厚い雲が晴れていき、周囲が陽の光に包まれていく。

忠彦が芽衣の写真を拾うと、土を払って佳恵に手渡してきた。

佳恵は写真の中の芽衣を、指先で愛おしくなでた。

危ないところだったけれど、芽衣のおかげで助かった。

佳恵は土で汚れた顔のまま、忠彦のほうを向いてにっこりと微笑んだ。

やっと、終わった——。

見上げると空はいつの間にか晴れ、白い雲と青空が広がっていた。

＊　＊　＊　＊　＊

　ようやく、わが家に帰って来た。

　佳恵と忠彦は、疲労と安心感で大きなため息をついた。

　服も身体も汚れたままで気持ち悪い。それでも玄関をくぐると、二人は自然と笑顔になっていた。

　早くひと息ついて休みたい。佳恵はよろめきながらリビングへ向かうと、ドアが勢いよく開いて、真衣が元気に駆け寄って来た。

「ママーっ」

　嬉しそうに両手を広げる真衣を、佳恵はぎゅっと抱き寄せる。

「ただいまー」

　この瞬間を、どれほど待ち望んだことか。

　ほんの二日前なのに、真衣の顔を見たのが、遠い昔のように感じられる。

「会いたかったあ」

　佳恵は真衣を抱いたままソファに腰かけると、もう一度強く抱きしめた。

恐ろしい目に何度も遭ったけれど、無事に帰ってくることができた。

その達成感を噛み締めながら、忠彦は廊下をぶらぶらと歩いていた。

考えたら、手にはスコップと金属探知機を持ったままである。

どこに置こうか…などと考えていると、突然、ガタッと洗面所から音がした。

なんだろう…。洗面所をのぞいたが、物音はするものの、人の気配はない。

風呂場のドアを開けてみるが、音がしそうなものはなかった。

気のせいか…。そう思った瞬間、目の前で再びガタッと音が鳴った。


「真衣、ちょっと重い…」

疲れているせいか、佳恵には真衣がひどく重く感じられる。

真衣は両手を佳恵の首に回し、両脚を腰にからめて、思いきり抱きついている。

仕方なく真衣の手をつかんで引っ張ってみたが、子どもとは思えない力でしっかりとつかんでおり、まるで離れようとしてくれない。

「苦しいから…あっ…」

首に回した両手と、腰を挟む両脚の力が、さらに増してきた。

このままでは本当に、息ができなくなってしまう。

「真衣っ！　ほんとに…やめて…ううっ」

引き離そうと真衣の身体をつかんでも、なぜかびくともしない。

真衣は佳恵の肩に顔をうずめているので、表情を確かめることもできないが、ソファの横には鏡台がある。佳恵はちょうど鏡に背を向けた姿勢なので、振り返りさえすれば、鏡に映った真衣の顔を見ることができるのだが、今の状態では首を回すことすらできない。

その時、目の前のテーブルに、手鏡が置かれていることに気がついた。

佳恵は手を伸ばして手鏡を取ると、それで背後の鏡台を映す。

そこに映ったのは、愛くるしい真衣の顔ではなく、恐ろしい悪霊の顔だった。

「これは現実じゃない！　だまされないで！」

佳恵は離れた場所にいる忠彦に向けて、大声で叫んだ。

ガタッという音は、目の前にあるドラム式洗濯機から聞こえていた。

あの事故があってから、我が家の洗濯機はずっと縦型だ。

それなのに、忠彦の前には、昔使っていたドラム式洗濯機が置かれている。

忠彦は混乱したまま洗濯機の前にしゃがむと、蓋についた窓から中をのぞいた。

すると窓の向こうに、女の子のシルエットが浮かび上がった。

そして女の子は窓を両手で叩くと、苦しそうに叫びはじめた。

「出して、出してよう」

「真衣…?」

姿ははっきり見えないが、助けを求めているのは間違いなく真衣の声だ。

驚きながらも忠彦は蓋を開けようとするのだが、どうやっても開かない。

「下がってろ！　今出してやるから！」

焦った忠彦は、立ち上がると洗濯機を動かし、後ろ向きに倒した。

そして床からスコップを拾い上げると、のぞき窓に向けて大きく振りかぶる。

今度こそ、娘を助けなくては。忠彦はスコップを思いきり振り下ろした。

今見ているものが幻覚だ、と気づいた瞬間、佳恵は正気に戻っていた。

気づくとそこはまだ甕の中で、足元には妙子の遺体がある。

そして胸には、グウウッとうなりながら、礼がしっかり抱きついている。

考えれば、これまでもずっとそうだった。

この人形は――いや、人形に憑いた礼の悪霊は、人に幻覚を見せるのだ。

そのせいで心を蝕《むしば》まれていき、やがてこちらが人形のように操られてしまう。

見上げると、忠彦が「うおお」と叫びながら、鬼の形相でスコップを振り上げて、甕の縁に何度も何度も叩きつけている。

何か幻覚を見ているようだが、このままだと佳恵は甕から出られない。

「やめて、お願い、やめてーっ！」

佳恵は必死に呼びかけてみるものの、忠彦にはまるで聞こえていないようで、スコップを振り下ろし続けている。

そうするうちに佳恵の意識は再び、先ほどのリビングへと引き戻されていった。

ガシャン。何度も叩いて、ようやく蓋についたのぞき窓が割れた。

忠彦は中に手を入れると、娘を洗濯機の外へ引き出す。

「大丈夫か…？」

そう言って顔を見ると、そこには死んだはずの芽衣が立っていた。

「芽衣…？　芽衣なのか…？」

指を伸ばしてそっと頬をなでると、芽衣はこくりとうなずいた。

もう二度と会えないと思っていた芽衣が、目の前に立っている。

忠彦は、芽衣のことを抱き寄せた。

いつまでもそうしていたかったのに、芽衣は腕の中から抜け出すと、そのまま何も言わずに、忠彦の手を引いて歩き出した。

芽衣に連れられ、忠彦はリビングに入っていく。

とたんに、グウウウーッ、という低いうなり声があたりに響いた。

これは、どういう状況なのだろう。

真衣らしき女の子が、うなりながら佳恵のことを襲っている。

「助けてーっ！」

佳恵が大きな声で叫ぶと、抱きついていた女の子がこちらを振り返った。

服装こそ真衣だが、それは悪霊と化した礼の恐ろしい顔だった。

礼は忠彦のほうを見ながら、威嚇するように、グアアアッとうなった。

何が起きているんだ？　すべて終わらせたはずじゃないのか？

芽衣は呆然としている忠彦の手を離すと、ソファのほうへと近づいていった。

そして礼の手を優しく握ると、佳恵の身体からそっと引き離した。

とたんに、礼はうなり声をあげるのをやめた。

芽衣がそのまま手を引くと、礼は佳恵から離れ、静かに芽衣の横に立った。

息ができないほど締めつけていた力が緩み、礼が身体から離れていく。

驚いて佳恵が身を起こすと、礼は背中を向けてはいるが、先ほどまでの恐ろしい様子は一切なくなっていた。後ろ姿だけでも、普通の女の子に戻っているのがわかる。

その横には、礼と手をつなぐもう一人の女の子がいた。

あの後ろ姿はまさか――。

「芽衣？」

佳恵が呼びかけると、女の子はこちらを振り向いた。

黒髪のおかっぱ。くっきりした眉。少し垂れ目の愛くるしい瞳。

間違いない、芽衣だ。

芽衣は礼を連れて、ここから立ち去ろうとしているのだろうか。

ダメ、まだ行かないで。このままずっと側にいて。

「芽衣、待って…」

佳恵は呼び止めたが、芽衣は寂し気な表情で首を横に振った。

一緒にはいられない、ということだろうか。

芽衣は再び背を向けると、礼の手を引きながら、静かにリビングのドアから出て行ってしまった。

あの子が、また遠くに行ってしまう。待って、行ってしまわないで。

佳恵はソファから立ち上がり、芽衣を追ってリビングのドアへ駆けていく。

「芽衣──っ！」

大声で叫びながら、佳恵は芽衣が消えていったほうへ手を伸ばした。

亡き娘が、妻を襲っていた礼を鎮めると、手を引いて部屋から出て行った。

芽衣が助けてくれたということなのか。

呆然としたままの忠彦の前を、娘の名を叫びながら佳恵が横切った。

手を伸ばして、芽衣の後を追い駆けようとしている。

あっちへ行ってはダメだ、死者の後を追ってはいけない。

忠彦は、とっさに佳恵の腕をつかんでいた。

娘の名を叫び、そちら側へ行こうとする佳恵のことを、忠彦は自分のほうへ思いきり引き寄せた。


次の瞬間、佳恵は神無島に戻っていた。

外から甕の中へ身を乗り出し、礼のほうへ手を伸ばす佳恵のことを、反対側の腕をつかんでいる忠彦が、思いきり引き上げてくれていた。

甕から出た佳恵が見上げると、そこには突き抜けるような青空が広がっていた。

まさに、間一髪のところで助かった。

あのまま幻覚が続いていたら、きっと甕の中に閉じ込められていただろう。

二人が島を出る時には、もう潮が満ちはじめ、本土への道は半分消えかけていた。

危ないところで助かったのは、芽衣のおかげだ。

波が押し寄せる道を歩きながら、佳恵は忠彦の顔をじっと見た。

忠彦も同じことを思っていたのだろう、にっこりと微笑み返してきた。

今、二人の間には、芽衣の魂がいるはずだ。

間違いない。きっといる。

目を閉じると、芽衣を挟んで三人が手をつなぎながら、青空の下で笑い合う姿が浮かんでくる。

暖かい陽の光を全身に浴びながら、三人はその中を歩いているのだ。

「芽衣、ありがとう」

すべてを終えた佳恵は、芽衣の魂に向けて小さく感謝の言葉を呟いた。

終章　— Daughter —愛娘へ捧ぐ

「どうぞー」

佳恵は焼きたてのクッキーをテーブルに置いた。

テーブルに座る忠彦と真衣は、「おいしそう」と喜んでいる。

「食べる？」

「うん！」

真衣が食べさせてほしい…と甘えん坊の表情をするので、佳恵はクッキーをつまんで真衣の口に運んであげた。

「おいしい」

忠彦が嬉しそうに食べる横で、真衣も笑顔でクッキーをほおばっている。

仏壇には、芽衣の遺影が飾られている。

この先もずっと、飾り続けていくだろう。

芽衣は、失くしてしまった家族ではない。

忠彦。真衣。そして芽衣。私たちはいつまでも家族なのだ。

多くの苦難を乗り越えて、再びみんなの笑顔を取り戻した。

佳恵は久しぶりに、心からの幸せを感じていた。

＊　＊　＊　＊

敏子の運転する車が、マンションの前に停まった。

足の怪我が完治していない神田には、敏子の運転がありがたい。

助手席から降りた神田は、折りたたみ式の杖を取り出した。

杖をつかなくては、いまだに満足に歩くことができない。

神田と敏子がマンションに向かうと、玄関には連絡を受けた管理人が待っており、オートロックを開けて、二人をマンションの中へ案内してくれた。

「もう一週間以上も連絡がとれなくて…」

敏子は不安そうに、管理人に事情を説明している。

管理人も心配そうにうなずきながら、エレベーターのボタンを押した。

二台あるうち、片方は使用中だが、もう片方は一階に停まっていた。

すぐに扉が開いたので、三人はエレベーターに乗り込むと、佳恵と忠彦の暮らしている階をめざした。

＊　＊　＊　＊

佳恵は今、エレベーターに乗っていた。

横には忠彦、そしてベビーカーには真衣が座っている。

今日は家族三人でお出かけだ。こんなことすら、本当に久しぶりの気がする。

嬉しそうにはしゃぐ真衣の笑顔が愛おしい。

佳恵と忠彦は、娘の髪や頬を優しくなでた。

＊　＊　＊　＊

佳恵と忠彦の乗ったエレベーターが一階に着く頃、まさに入れ違うかたちで、神田と敏子の乗るエレベーターは、二人の住むフロアを目指して上昇していた。


「これでいいんでしょうか？」

敏子は鞄から出したベビーモニターを神田に手渡した。

「ええ。どうしても内容を確認したかったんです」

神田はそう言うと、すぐさまスイッチを入れて音量を上げた。

モニターからは、人形と話す真衣の声が聞こえてくる。

『…アヤちゃんちはどこ？　にいがたけん、くらかわぐん？　わかんない…』

エレベーターを出ると、管理人は早足に先を歩き、鈴木家の玄関の鍵を開けた。

神田はモニターの声を聞きながら、管理人と敏子の後をついていく。

管理人にうながされ、敏子と神田は家の中へ入った。

室内に目立った異変はないが、リビングのテーブルには、最近使った形跡のある、三人分のカップと皿が置かれていた。

しばらく連絡がつかないものの、彼らがここで生活をしているのは間違いない。

テーブルを見た敏子が、驚いたような声を出した。

「これは…、えっ、どういうこと…？」

子ども用の食器だけは、カップに入ったミルクも、皿のクッキーも、一切が手つかずのまま残っていた。

敏子がその光景に驚いている横で、神田はモニターから聞こえてくる真衣の言葉に耳を傾けていた。

『…だめだよう、ママは真衣のママだもん、あげないよ。ともだちでも、だめ。えっ、アヤちゃんは、おかあさんのこときらいなの？　まいにちぶつから？』

おかあさんのことを、きらい…？

まいにち、ぶつから…？

池谷の話では、安本浩吉は、その腕は認められていたものの、人形を量産することができずに、かなり貧しい生活を送っていたようだ。

娘の礼は生まれた時から病弱で、外に出ることもできなかった。

人形制作に打ち込む浩吉は、妻の妙子に、娘の世話をすべてまかせきりにしていたに違いない。

極貧の中、病弱で手のかかる娘のことを、妙子は本当に愛していたのだろうか。

わが子を疎ましく思い、憎む心がなかったと、どうして言い切れるだろう。


『お前なんか……お前なんか……お前なんか……お前なんかあっ！』


神田の頭の中に、鬼の形相で棒を振り上げ、礼を折檻《せっかん》する妙子の姿が浮かんだ。

愛していたはずのわが子を憎み、心が壊れ、無理心中で共に果てようとする。

妙子は死の間際、礼の骨で作られた人形を、罪人が眠る島へ自分と一緒に埋葬してくれと頼んだが、それは罪滅ぼしのためなのか、地獄へ道連れにするつもりなのか、それとも最期になって胸に灯った、わが子への消えない愛情だったのか。

今となっては真意を確かめることはできないが、『まいにち、ぶつから』という言葉からも、おそらく妙子が礼を日常的に虐待していたことは間違いない。

だとしたら礼は、虐待し、命まで奪った母親と、共に埋葬されたいだろうか。


「しまった、私たちは間違っていた……」

神田が叫ぶと、敏子は不思議そうな顔で振り向いた。

「礼は母親を憎んでいる。人形をあの島に連れて行ってはいけなかったんだ……！」

佳恵と忠彦が神無島へ行ってから、連絡がつかなくなった理由も今ならわかる。

礼は、実の母親の元へ戻りたかったわけじゃない。

新しい母親、新しい父親、新しい家族がほしかったんだ。

姿を消した家族の痕跡を前に、神田は目の前が真っ暗になるのを感じていた。

＊　＊　＊　＊

ママとパパは、どこにいるんだろう。

おばあちゃんの家に預けられてから、もう一週間以上が経つ。

今日はやっとおうちに帰ってこられたと思ったら、おばあちゃんに、車の中で待っているように言われてしまった。

真衣だって、おうちに帰りたいのに。

でも、おばあちゃんと眼鏡のおじちゃんは、すっごく怖い顔をしていたから、もしかすると今日も、ママやパパには会えないのかもしれない。


ママ、パパ、会いたいよう…。


真衣が敏子の車の後部座席でそう願っていると、マンションの入口から、佳恵と忠彦が、ベビーカーを押しながら姿を現わした。

あっ！　ママとパパだ！　願いが叶った！

そう喜んだのも束の間、二人は車の中にいる真衣のことにはまるで気づかず、車のすぐ横を素通りしていく。

「ママ！　パパ！　ママ！　パパ！」

真衣は窓を叩きながら、二人を呼び止めようと、車の中から大声で叫んだ。

ところが佳恵と忠彦には、真衣の声が一切届かないようで、窓を必死に叩く真衣のほうを見ようともしてくれない。

まるでお面のような不自然な笑顔を浮かべて、真衣の横を通り過ぎていく。

なんで気づいてくれないの？

真衣だよ、真衣はここにいるよ！

いやだ、いやだ、真衣のことを置いていかないで！

真衣は後部座席を乗り越えて、両親を呼びながら何度も車の窓を叩いた。

泣きそうな顔で「ママ！　パパ！」と懸命に叫び続けたが、遠ざかっていく二人に、その声が届くことはなかった。

佳恵と忠彦は幸せそうに微笑み合いながら、遠くへ歩き去って行く。

そして二人の間にあるベビーカーには、あの人形が乗せられていた。

アナザーストーリー——

Pieces of Dollhouse

録音テープ ―2021年4月

自他ともに認めるアナログ人間の神田は、必要に迫られてガラケーだけは使えるようになったものの、いまだにパソコンは苦手なので、書面で連絡の必要がある時は、メールではなく手紙を書くし、急ぎなら手書きのFAXを送信する。

そんな神田は、音声記録を残す際にも、ICレコーダーは使用せず、録音はすべてカセットテープレコーダーで行う。「いまどきカセットテープなんて…」と皆に笑われるが、受話器につける専用マイクを接続すれば、電話の通話も録音できる。固定電話とFAXが現役で活躍する淡島神社では、これで十分役に立つのだ。

今、神田の右手には、カセットテープレコーダーが握られていた。

先ほど人形供養の件で電話をした竹下さんとの通話が記録されている。

そして左手には、「私の手に負えないので、神田様にお願いします」と、○○神社の神主から送られてきた資料一式の束がある。

電話は途中で切れてしまったので、心配になって神田は何度もかけ直したのだが、その後、竹下さんが電話に出ることはなかった。

乗車したタクシーの運転手によれば、竹下家まではあと四〇分以上かかるらしい。

通話記録をもう一度確認するため、神田はレコーダーの再生ボタンを押した。

＊　＊　＊　＊

神田『はじめまして。淡島神社の神田と申します。このたびは〇〇神社からの依頼を受けてお電話させていただきました』

竹下『どうも、竹下です…。あなた人形供養の専門家なんですよね。

失礼ですけど、本当にどうにかできるんですか？

義父がうるさいから、〇〇神社へ依頼してみましたが、「人形供養はこちらまで」とホームページに書いてあるくせに、人形を持って行くこともできませんでした。

確かにあの人形がうちに来てから、妻も娘も変な感じにはなりましたよ。

生きている本物の家族のように、人形と接していましたから。

でもうちの娘は、今年でやっと六歳になる小さな子どもです。よくできた人形を姉妹みたいに可愛がっても不思議じゃないでしょう。

それなのに義父が「気味が悪い」とか「人形を捨てろ」とかしつこく言ってくるうえに、しまいには妻を実家に連れて帰ってしまったので、私も困り果てて、仕方なく義父から紹介された神社に、人形供養をしてくれと連絡したんです。

それなのに〇〇神社の神主さんは、人形を見るなり「私の手には負えません」と言って、あなたに依頼を回してしまった。いったいどうなってるんですか』

神田『淡島神社は、人形供養においては、全国で一、二を争う実績がありますから、今回のように、他の神社や、場合によってはお寺からも依頼が回ってくることがあります。解決に向けて最善を尽くしますので、投げ出したりはいたしません。
納得できない気持ちはよく理解できますが、聞くところによると、奥様はかなり人形を怖がっているようです。依頼主のお義父様は、人形供養が済まないうちは、奥様をそちらの家へ帰すつもりはないとおっしゃられています。

まずは私を信じて、何があったか話してくださいませんか』
竹下『…わかりました。最初から失礼な言い方でしたね。申し訳ないです』
??『パパー、だれとでんわしてるの?』
竹下『…今、大事な話をしているから、チコはお人形で遊んでなさい』
神田『近くに娘さんがいらっしゃるんですか…?』
竹下『同じ部屋で遊ばせています。幼いので、目を離すと危ないんですよ』
神田『ということは、近くに人形も置いてある…ということでしょうか』
竹下『ええ、まあ。娘が手放そうとしないので…。別に襲ってきたりしませんよ』

神田『…そうですか…。まずは、人形を手に入れた経緯をお聞かせください』

竹下『あの人形を手に入れたのは、ちょうど二か月ほど前のことです。

妻の実家は新潟県の〇〇市なんですが、家族三人で帰省したんですよ。

実家の近くに、昔ながらの古い骨董品店があるんですけど、娘と二人で散歩をしていたら、娘が「あっ!」と声をあげて、突然店の中に入ってしまったんです。

びっくりして私も後を追ったんですが、なんと娘は店の奥にあるショーケースへ張りつくようにして、飾られている女の子の人形を眺めていました。

娘と同じような年頃の女の子をリアルに再現した人形で、細かいところまで作り込まれているのがひと目でわかりました。娘よりやや小さいくらいの大きさなんですが、長い黒髪には艶があるし、まるで生きているみたいでした。

値札を見て、びっくりしましたよ。三〇万円もするんです。ちゃんとした人形はやっぱり高いな…と思っていたら、娘が「この子がほしい」と言い出しました。

六十代くらいかな、そこそこ年配の店主だったんですが、最初は驚いた顔でこちらを見ていたのに、しばらくすると「よければお安くしますよ」と言ってきました。

なんと「三万円でいいですよ」と、十分の一まで値下げしてきたんです。品物も良さそうだし、娘がやたらとほしがるので購入しました』

??『ちがうよー。パパがさっちゃんをきにいったんでしょ』

神田『前の持ち主のことなど、店主からは聞きましたか？』

竹下『いえ、何も聞かずに買い取ったので、前の持ち主や店に来た経緯は知りません。あんなに値引くなんて、今思えばおかしな話ですが…。

人形の入っていた木箱にはきちんとした箱書きがあったので、娘は人形のことを「さっちゃん」と呼んで可愛がるようになりました。

ずっと話しかけて、一緒に布団で眠って、なんだか本物の姉妹みたいでね。

最初は可愛らしかったんですけど、人形と片時も離れないうえに、だんだんと接し方が異常になってきて、食卓に食器を用意して、「さっちゃんにもご飯あげてよ」とせがんでくるようになりました。

ところが妻まで、「そうだね。さっちゃん可愛いからあげようか」と娘に合わせて食事を本当に用意しちゃうものですから、なんだかそれも習慣になりました』

??『パパだって、いいよ！ っていったもん。すぐチコのせいにする～』

竹下『こら！ 大事なお話と言ってるだろ。そこで静かに遊んでいなさい。すみません…話を戻すと、人形を可愛がっていたのは、別に娘だけじゃなかった、ということです。最初のうちは妻も、実の娘のように接していましたからね。娘と二人で、人形の髪の毛を切ったり、服を着替えさせたりしていましたよ。私はただのおままごとだと思って見ていましたが、家に遊びに来た義父と義母はそれを気味悪そうに見ていました。

ただ困ったのは、娘が「人形と離れたくないから、保育園に行かない」と言い出したことです。うちは共働きだから、預けないわけにはいかないんですよ。すると妻が、「会社に在宅勤務を申請するから、娘は私が家でみる」と言い出して、保育園をやめさせちゃったんです。これにはちょっと驚きました』

神田『初めは奥様も様子が変だった…ということですね』
竹下『私からすれば変というほどでも…。娘に付き合ってあげていたんでしょう。ただお義父さんは生真面目な性格なので、妻や娘の人形の可愛がり方が気に入らなかったみたいです。保育園に通わせずに、家で妻が娘の面倒をみると報告したら、ひどく心配しはじめて、先月、義父母がうちへ押しかけて来ました。
そして突然、妻のことを「実家へ連れて帰る」と言い出したんです。
当たり前ですが、私も妻も断ったし、抵抗しましたよ。
でもお義母さんが、「お願いだから一緒に来て」と、妻に泣きながらすがるので、とうとう妻が折れて、数日だけ両親と共に実家へ戻ることになりました』
??『ママひどい…かえるって、やくそくしたのに』
竹下『どういう心境の変化かはわかりません。とにかく妻は実家へ戻ったきり、何日経っても家に帰っては来ませんでした。もう二週間になります。

何度連絡をしても、妻は「ごめんなさい」「人形が怖い」としか言いません。

私は有給休暇をとって娘の面倒をみていましたが、それだって限界があります。

もし家へ戻らないなら、娘と一緒に実家へ行くと連絡したところ、先日、お義父さんが訪ねてきたんです。

妻との離婚を切り出されると覚悟していたんですが、お義父さんは自分がお金を払うから、神社で人形供養をしてくれ、そうしたら妻のことをまた家に帰しても構わない、と言ってきたんです。

とはいっても、娘が姉妹のように大切にしている人形です。

処分するならきちんとした理由を教えてほしいと頼んだら、お義父さんは廊下に貼ってある一枚の絵を指差したんです。

娘はお絵描きが好きで、よくクレヨンで描くんです。描いた絵は、廊下の壁に貼っていいと伝えてあるので、娘はお気に入りを壁に貼るんですよ。

お義父さんは怖い顔で、「この絵はなんだ?」と聞いてきました。

娘が人形を描いたものなので、お義父さんにそう伝えると、ますます怖い顔になってしまい、「この絵を見て何も感じないのか？」」と怒り出してしまいました』

神田『〇〇神社からの引き継ぎ資料には、その「人形を描いた絵」の写真も入っているので、手元で確認しているんですが、確かに変な絵ですね。片方が人形で、片方が娘さんということでしょうか？』

竹下『ははは。普通はそう思いますね。私も最初は、右側のピンクのワンピースを着ているほうが娘で、和服っぽいほうが人形かと思ったんですが、娘が廊下の壁に貼る時に聞いてみたら、「どっちも、さっちゃん」と言うんです。

考えたら、人形は買った時の和服から、娘のお古のワンピースに着せ替えさせていますから、もし人形を描くなら、服装はワンピースのはずなんです。

でもその横には、和服姿の女の子もちゃんと描いてある。

お義父さんは絵を指しながら、「見たらわかるだろう。この人形には、以前の持ち主の魂が宿っているんだよ」と真剣な表情で言ってきたんですよ』

??『そうだよ！　さっちゃんは、おにんぎょうのなかにいるんだよ』

竹下『ありえないと思ったんですが、お義父さんはいたって本気です。

そこで仕方なく、娘が最近描いた絵を見てみると、どれもそっくりの構図で人形のことを描いてありました。

お義父さんや妻の言うことをすぐに信じる気にはなれませんでしたが、私も人形のことが少し不気味に感じはじめたので、これで妻が帰って来てくれるならと思い、娘には気の毒ですが、人形供養に出してもいいかという気分になりました』

神田『○○神社に人形供養を頼むことにしたんですね』

竹下『そうです。お義父さんがすぐに連絡するように言うので、その場で神社へ電話をしましたよ。そうしたら、まず人形を神社へ持って来てくれと言われました。

お義父さんが「今すぐに行こう」と言うので、だますことになってて悪いな…と思いつつ、「じいじとドライブしよう」と娘に声をかけ、三人で車に乗りました。

運転席に私、助手席には娘と人形、後部座席はお義父さんが乗って車を発進させたのですが、しばらくして助手席を見ると、驚いたことに、そこにいるはずの娘と人形の姿が消えてしまいました。

私は車を停めて車内を探しましたが、隠れる場所などありません。

お義父さんも狐につままれたように、「どういうことだ……」と呆然としています。

急いで帰宅すると、娘は人形を抱いたままソファにぽつんと座っていました。

家にいたことには安心しましたが、絶対に一緒に乗ったはずです。何が起きたかわかりませんが、ようやく私もこの人形が普通ではないと思いはじめました。

とにかくもう一度、人形を持って行こうということになったので、今度は何が起きてもいいように、後部座席にいるお義父さんがスマホの動画で前の座席を撮影し続けることにしました。

これで大丈夫だろうと思っていたのですが、車を走らせてしばらくすると、お義父さんがおびえた声で、「消えた……!」と悲鳴をあげました。

横に目をやると、ついさっきまで助手席に座っていたにもかかわらず、娘と人形が本当に姿を消している。家に帰ると、娘は人形を抱いて玄関に座っていました。

何が起きたのか確認するために動画を見なおして、心底震えあがりましたよ。私もお義父さんも、一切記憶にないのですが、動画の中の私は、しばらく車を走らせると、急にUターンして、そのまま家へ戻って行ったんです。そして家の前で車を停めると、娘と人形を腕に抱え車を降りてしまいました。その間もお義父さんは、無言で前の座席を撮り続けています。しばらくして私だけが運転席に戻ると、再び車を発進させました。やがて十分ほどしてから、お義父さんの「消えた…」という声が入って動画は終了になりました』

神田『無意識のうちに、人形を家まで戻していた、ということでしょうか』

竹下『そうなんでしょうね。もう一度やっても結果は同じでしたから。結局、自分たちの手で人形を運ぶことは諦めて、神社へ電話して事の経緯を説明すると、「明日、引き取りにうかがいます」と言ってもらえました。翌日仕事のあるお義父さんは、「必ず神社の人へ人形を渡すように」と念を押しつつ、不安そうに新潟へ帰って行きました』

神田『ところが、神社の人でも持って行くことができなかった…と』

竹下『翌日、人が来てくれたんですが、人形を渡してから四～五時間経った頃、神社から電話がかかってきました。

なんでも、引き取りに出たきり、担当者が帰って来ないというんです。

嫌な予感がして外に出ると、玄関ドアの脇に人形が置いてありました。

ああ、プロでもダメだったんだ…とがっかりしましたよ。

その夜、神社から再度電話があって、人形を引き取った担当者は、数十キロも離れた山道で、ボンヤリ座り込んでいるところを保護された、と教えられました。

次の日、神主さんがわが家を訪ねてきました。

自ら人形を受け取るので、くわしく事情を聞かせてほしい、というんです。

神主さんならさすがに大丈夫だろうと思っていたのですが、私から話を聞いて、人形を観察した後、「私の手には負えません」と深々と頭を下げましたよ。

さて、これまでの経緯は話しましたが、専門家のあなたはどうするんです?』

神田『人の心を操る様子なので、何もせず家から持ち出すのは難しそうです。ご都合よろしければ今からお宅にうかがって、まずはそちらで簡単なお祓いを済ませてから、神社へ持ち帰って正式な供養をしようかと思います』

竹下『えっ、今からうちに来てお祓《はら》いをするんですか？』

??『さっちゃんをすてるの？』

神田『私が予想していたよりも、事態はかなり緊迫しています。すぐにおうかがいして、日が落ちる前にお祓いは済ませたほうがよいかと』

竹下『…わかりました。娘には人形のことはよく言いきかせておきます』

??『すてるなら、いっしょにつれていくね』

神田『つかぬことをおうかがいしますが、娘さんは横にいるんですよね？』

竹下『ええ、人形で遊んでいますけど…』

??『さっちゃんみたいに、たくさんくるしんでしぬんだよ』

神田『竹下さんには、今の娘さんの言葉は聞こえていますか？』

??『パパしぬよ』

竹下『…気にしないでください。神社に連絡してからずっとこの調子なんです』

??『パパしぬよ』

神田『娘さんと人形を置いて、すぐに家から出てください。
　なるべく急いでお宅へ向かいますので、外にいてくださるほうが安全です』
竹下『みんな、少し大げさなんですよ。今まで何も悪いことなんて起きていません。
可愛がってる人形が捨てられるんだから、娘だって機嫌くらい悪くしますよ』
??『パパしぬよ　パパしぬよ　パパしぬよ　パパしぬよ　パパしぬよ』
神田『…竹下さん、さっちゃんと呼んでいる人形の正式な名前はわかりますか』
竹下『箱書きに書いてあった名前は「幸子」です』
??『パパー、もうおでんわやめていっしょにあそぼう』
神田『もうひとつ。チコちゃんと呼んでいる娘さん、お名前はなんていうんですか』

竹下『……サチコ、です』

神田『竹下さんは、人形の「サチコ」という名前が、あなたの娘さんと同じ名前であることに気づいていますか？
それに…あなたの娘さんは、去年亡くなっていることをわかっていますか？』

竹下『…えっ…？』

??『うるさい、もうだまれ』（プッ…という通話が切れる音）

＊　＊　＊　＊

通話は、ここで途切れている。
その後、神田が何度かけ直しても、竹下さんが電話に出ることはなかった。

神職ですら持ち運べなかったように、この人形は人の心を操る術を知っている。

現に竹下さんは、人形を手に入れて以来、ずっと幻を見させられている。

彼の娘はもう、この世にはいない。昨年、不幸な事故で亡くなっているのだ。


妻と義父が○○神社へ話したところによれば、骨董品店で人形を購入したのは竹下さん本人で、散歩の途中、「娘と同じ名前の人形を見つけた」と喜んでいたという。

妻は気味悪く感じていたが、いざ自宅まで人形を持ち帰ると、なんだか人形が亡くなった娘の代わりのような、愛おしい存在に思えてきた。

夫と二人で、人形を手入れして、髪を切り、服を着せ替える。

そうすると、まるで死んだ娘が還《かえ》ってきてくれたかのようだった。


でも、それだけでは済まなかった。本当に、サチコさんが帰ってきたのだ。

家の中にはいつの間にか、人形を抱いたサチコさんが暮らしていた。

ふと気づいたら、まるでそれが当たり前のように、娘と夫と三人で、以前のような暮らしをしていたのだ。

だから竹下さんの妻は、新潟から出てきた両親が「それはただの人形だ」といくら説得しても、何を言われているのかさっぱり理解できなかった。

母親があまりにも泣くので、数日だけ実家へ戻ることにしたのだが、実家で仏壇に飾られた娘の遺影を見た瞬間に正気に返り、自分がここしばらく見せられていた娘の姿は、すべて幻だったことに気がついた。

義父が骨董品店の店主へ確認したところによると、人形の以前の持ち主は、地元在住の資産家の老人であったらしい。

老人は、若い頃に「幸子」という名前の一人娘を病気で亡くしていた。

彼は遺髪を使って、娘によく似た人形を作らせたのだが、人形があまりにもよくできていたので、娘の魂は成仏せず、人形の中に宿ってしまったという。

父親の名を恋しそうに呼ぶ人形を見て、男はすっかり恐ろしくなり、人形を箱に納めて封印し、敷地内にある蔵の奥深くへ何十年も隠し続けた。

蔵には誰も近づくことは許されなかったが、時折、蔵の中から父の名を呼ぶ女の子の声が聞こえてくるのだと、まことしやかに噂されてきたそうだ。

骨董品店の店主もこの話は知っていたが、まるで信じていなかった。

そんなわけで、老人が亡くなり、遺族から蔵の中身を丸ごと処分してほしいと頼まれた時、店主はそれを気安く引き受けてしまった。

貴重な品はたくさんあったが、蔵の奥には、例の人形も置かれていた。

人形を店へ置いてから気味の悪いことが立て続けに起こるようになったが、どうやっても処分することはできない。仕方なく商品として店に飾っていたところ、ある日、ふらりと店へ入ってきた竹下さんが人形を買い取ってくれたというわけだ。

きっと人形に宿った魂は、家族がほしかったのだろう。

いつまでも本物の子どものように大切にしてもらうため、人形は亡き娘の幻を竹下夫妻に見せ続けたのかもしれない。

神田はもの悲しい気持ちになって、手元の資料をめくっていく。

あの不気味な絵を描いたのはおそらく竹下さん本人だろうが、これだってきっと、一緒にお絵描きをして遊びたかっただけなのだろう。

でも竹下さんは、幻の娘のことは愛しても、その娘が大切にしている人形のことは、少しも可愛がろうとしなかった。

それどころか、人形供養を勧められると、処分することを簡単に決めてしまった。幸子の魂からすれば、望んでいた幸せな家族の幻まで見せているというのに、またもや父親に捨てられるという怒りを感じているに違いない。

神田は通話をする中で、親を求める人形の強い気持ちが、少しずつ刃《やいば》となって竹下さんへ向いているのを感じ取った。

危険なので外へ避難させたかったのだが、まさか通話そのものを切られるとは。テープに残るほどはっきり声が聞こえるうえに、簡単に人の心を操るので、とても強い力を持った人形なのだろう。

長年この仕事をやっているが、これほどの人形は片手で数えるほどしかない。宿る魂の想いの深さにもよるとは思うが、果たしてそれだけなのだろうか。もしかすると人形そのものが、特別な作られ方をしているのかもしれない。あまり気にしていなかったが、箱書きに人形作家の名前があったはずだ。

神田は手に持った資料をめくり、作家の名前をもう一度確かめてみた。

昭和十年　娘人形・幸子　安本浩吉作

記憶の奥底で、何かがチリチリと火花を立てた。

確かこの名前は、ずいぶん昔に師匠から聞いた覚えがある。

この仕事を無事にやり遂げたら、久しぶりに引退した師匠へ手紙でもしたためて、近況報告がてら「安本浩吉」の名をたずねてみよう。


思いを巡らせているうちに、タクシーは竹下家の前に到着した。

竹下さんの姿は家の外にはない。無事でいてくれるとよいのだが。

たとえ施錠されていても、預かった合い鍵で家へ入ることはできる。

神田は大きく深呼吸すると、玄関へと向かって行った。

WEB記事 ―2022年5月

S・U・S

PURSUE THE WORLD'S SUSPICIOUS.

ブーム再燃!? 最恐心霊スポット 『神無島』の隠された闇

2022年5月10日／取材・文 澄川佑梨

皆さんは、新潟県蔵川郡泉地村の沖合に浮かぶ『神無島』をご存知だろうか。

この島はかつて、東北・北陸地方で「最恐」の心霊スポットと呼ばれた場所なので、本誌のオールドファンは「懐かしい！」と思わず声をあげてしまったかもしれない。

名前からして「神の無い島」と恐ろしげだが、そう言われるにはきちんとした理由

S・U・S

S・U・S

PURSUE THE WORLD'S SUSPICIOUS.

メニュー ■事件 ■科学 ■予言 ■UFO ■UMA ■超能力 ■歴史

SUS ＞事件＞ブーム再燃

ブーム再燃!? 最恐心霊スポット『神無島』の隠された闇

２０２２年５月１０日　取材・文 澄川佑梨

日本海に浮かぶ伝説の島『神無島』

皆さんは、新潟県蔵川郡泉地村の沖合に浮かぶ『神無島』をご存知だろうか。

この島はかつて、東北・北陸地方で「最恐」の心霊スポットと呼ばれた場所なので、本誌のオールドファンは「懐かしい！」と思わず声をあげてしまったかもしれない。

名前からして「神の無い島」と恐ろしげだが、そう言われるにはきちんとした理由がある。この島は、古くから罪人を埋葬する場所とされており、江戸時代の元禄七年にはすでに記録が残されているので、少なくとも三百年以上の歴史がある。神無島を囲む海は、潮の流れが複雑で急なうえ、周囲を岩礁に囲まれた島なので、転覆覚悟で小舟でも出さない限り、通常の船では近づくことさえできない場所だ。

島へ渡る方法は、たったひとつ。

一日のうちに二時間だけ姿を現わす、幻の道をたどるしかない。

特別な引き潮のタイミングで、浜辺から島へ砂浜の道がつながる。日に二時間だけ道ができるので、そこを歩けば島へ行くことができる。

がある。この島は、古くから罪人を埋葬する場所とされており、江戸時代の元禄七年にはすでに記録が残されているので、少なくとも三百年以上の歴史がある。

神無島を囲む海は、潮の流れが複雑で急なうえ、周囲を岩礁に囲まれた島なので、転覆覚悟で小舟でも出さない限り、通常の船では近づくことさえできない場所だ。

島へ渡る方法は、たったひとつ。

一日のうちに二時間だけ姿を現わす、幻の道をたどるしかない。

特別な干潮のタイミングで、浜辺から島へ砂浜の道がつながる。日に二時間だけ道ができるので、そこを歩けば島へ行くことができる。

ただ、道ができる時間帯は季節によって異なるうえ、二時間を過ぎると道は再び波の下へ沈むので、慣れた者でなければ、すぐに島に取り残されてしまう。

公式記録はほとんど残されていないので、正確な数は不明だが、神無島に埋葬された罪人の数は百体以上に及ぶと言われており、その大半が土葬で墓石すらない。

身内が葬儀の代金を支払える場合は、「甕の形をした棺（甕棺墓《かめかんぼ》）」に入れて埋葬されるが、そうでない者は木の棺はおろか、掘った穴の中へ何体もまとめて放り込み、適当に土をかけただけで終わるような埋葬も多かったそうである。

こうした来歴を持つ島なので、当然、恐ろしい噂には事欠かなかった。

ひとたび島へ足を踏み入れれば、島に囚われた亡霊の怨嗟《えんさ》の叫びが無数に響く。心の弱い者は、仲間を求める悪霊にとり憑かれてしまう。

そして日が落ちれば、幽鬼、悪鬼となり果てた魂が島中をさまよい歩き、夜まで島に滞在している不敬な生者の魂を喰らう……とまで噂されてきた。

神無島は次第に「最恐」心霊スポットとして注目を集め、一九八〇年代から九〇年代には、さまざまなメディアに紹介されてきた。

（本サイトの母体である月刊『S・U・S』でも、何度か特集が組まれている。）

ところが、島を訪れる者が増えると、事故が多発するようになってしまった。

また、いわくつきの場所というのが人の心を惹きつけたのか、島に渡り自ら命を断つ者も急増し、最盛期の九〇年代には、年間十数名が命を落とす「自殺の名所」となって、安易な心霊スポット扱いを非難する声は次第に大きくなっていった。

極めつけは、一九九八年六月三日に起きた事故で、テレビの心霊特番のために夜の島内でロケを行っていた制作会社のスタッフと出演者の計七名が、撮影中、突然の風にあおられて崖から海へと転落し、一名が死亡、四名が重軽傷、残る二名は波にのまれたきり未だに行方不明となっている。

当時人気のタレントがロケの出演者として消息不明となったこともあり、ワイドショーでも連日大きく報道され、神無島を心霊スポット扱いしてきたメディアは世間の強い批判にさらされた。

以降、既存メディアでは神無島の話題はタブーとなり、一時期は「最恐」とまで呼ばれた心霊スポットも、瞬く間に表舞台から姿を消してしまった。

ところが今、神無島は再び心霊スポットとして注目を浴びている。

きっかけは、地方紙の『新潟毎日新報』に昨年掲載された一本の投稿エッセイで、これは知られざる郷土の名士『人形作家・安本浩吉』を紹介する内容であったのだが、その強烈なエピソードがSNSに転載されると、各方面から大きな反響を呼んだ。

ネットで話題になった部分を要約すると、およそ次のような内容だ。

『昭和初期、新潟県で活躍した安本浩吉という人形作家がおり、あまりに精巧な人形を制作するため、浩吉作の人形には魂が宿るとさえ噂されていた。

浩吉には礼という一人娘がいたのだが、幼い頃に自宅周辺で姿を消したきり行方不明となっており、大規模な捜索もむなしく、礼が発見されることはなかった。

事件のショックで、妻の妙子は心身が衰弱し、浩吉が作り礼に与えていた人形を、実の娘だと思い込むようになってしまい、人形を片時も離そうとしないまま衰弱死してしまった。妙子は死ぬ間際、人形も共に埋葬してほしいと言い残したので、浩吉は妻の願いを聞き届け、妻の棺に人形を入れて土葬した。

妙子の亡骸は、本人の希望で神無島という場所へ埋葬されたのだが、人形に魂を宿すと言われた名工の成せる技か、埋葬されたはずの人形は墓を抜け出すと、本来の持ち主である娘の礼を探して、今も島の中をさまよい続けているという』

罪人が眠る島に、新たな物語が追加されてしまった。

心霊スポットとしてブームが再燃しつつある神無島は、再び「最恐」の称号を手に入れることになるのだろうか。

本サイトでは、引き続き真相を探っていきたい。

（取材・文／澄川佑梨）

配信動画 ―2024年6月

【ブーム再燃!? 最恐心霊スポット『神無島』の隠された闇】

澄川佑梨は、自分が二年前に書いた記事を読みながら、深くため息をついた。

この記事は反響が大きく、「やっと一人前になったな」と編集長からもほめられた。オカルトファンを中心に、編集部にはたくさんの問い合わせが寄せられたが、その中には島に行きたいという芸能人や有名配信者がいたり、人形博物館の館長や、人形供養で有名な淡島神社の神主からも連絡が来て、記事の反響の大きさに驚かされた。

ただし、記事に書いた「ブーム再燃」というのはまったくの嘘だ。

佑梨が勤務する『S・U・S』編集部は、オカルトや心霊を扱う老舗だが、最近では他のネット媒体や動画配信におされ、年々読者が減り続けている。

本当は紙媒体の月刊誌を担当したかったのだが、「若い女性」という理由で、佑梨は当時新設されたばかりのWEB部門へ配属させられてしまい、取材ノウハウやネタ元もないまま、「面白い記事を書く」ことだけを命じられ、あの頃はかなりまいっていた。

「人の知らない貴重なネタは、全国紙でなく地方紙にある」

これは仕事に行き詰まって悩みを相談した際、先輩ライターから言われた台詞だが、そんなに都合よくネタが見つかるかと思いつつ、空き時間を利用して図書館で地方紙を閲覧していると、偶然『新潟毎日新報』のエッセイ欄に、安本浩吉という人形作家の強烈なエピソードを発見した。

調べても安本浩吉に関する記述はネットではあまり拾うことができなかった。

結局、地方紙に掲載されている程度の内容しか書けなかったが、ロケの事故以来、メディアから無視されてきた神無島の話題と絡めて書いたところ、記事の閲覧数が大きく伸びて、多くの反響があり、おかげで佑梨は自信を持てるようになった。

この記事のせいで神無島は再び「最恐心霊スポット」として注目されるようになり、はからずも「ブーム再燃」という嘘は本当になってしまった。

ただ、記事の影響で多くの人間が神無島を訪れるようになり、この二年で行方不明者の出る事件が三件、死亡事故が一件、小さな怪我や事故などを合わせると何十という事件や事故が起きてしまった。

余計なことをしてしまったと、佑梨は心秘かに後悔していたのだが、先ほど編集長からは、「オカルトレンジャー」のネタで神無島の続報を書くように言われた。


オカルトレンジャーは戦隊モノにかけて活動している配信者で、レッド、ブルー、イエロー、ピンク、グリーンの五名が、心霊スポットを巡って動画を配信している。4月12日に『オカルトレンジャーが行く　神無島で生き人形を捕まえろ!!』という動画をアップしたのだが、この動画の終盤、神無島から帰る途中でメンバーの女性が一人増えていたため、視聴者の間では「ガチかヤラセか」と話題になっていた。

ただ、オカルトレンジャーの新しい動画がアップされることはなく、各メンバーのSNSも更新されなくなったので、真偽のほどはわからないままだった。

動きがあったのは5月10日で、この日は事前の告知もせず、突然ライブ配信を行ったのだが、動画に出ていたのはブルーとグリーンの二名のみで、他のメンバーの姿はどこにもなかった。内容も数分間、グリーンの奇行にブルーが付き合わされるだけのもので、視聴者からは困惑の声があがっていた。

5月13日には、再び急なライブ配信が行われたが、これは主に暗闇の中でブルーが支離滅裂なことを喋るだけで、不穏なシーンを最後に短時間で終了している。これを最後にもうひと月以上更新が止まったままだが、ライブ配信を見るかぎり、映っているものが本物なら、彼らが無事であるとは思えない。

ここでオカルトレンジャーの動画を記事にすれば、さらに神無島へ行く人が増え、また新しい事件や事故が起こるに違いない。

原稿はもうすぐ書きあがる。でも本当に掲載してもよいのだろうか——。

佑梨は再び長いため息をついてスマホを掲げると、記事に載せるためコード化したリンクを読み取って、動画の内容をもう一度確認することにした。

2024/5/10
ライブ配信

2024/5/13
ライブ配信

※動画の内容は、スマホやタブレットで上記の二次元コードを読み取って確認してほしい

手紙　―2021年6月

拝復
梅雨冷《つゆびえ》の日が続き、病床の身体には少々こたえる毎日です。

神田君におかれましては、健やかにお過ごしのことと存じます。

さて、先日は長文のお便りを頂戴《ちょうだい》したものですから、そちらの近況がよくわかり、また元気にご活躍されている様子がうかがえて、楽しく拝読させていただきました。

思い出話に花を咲かせれば、いつまでも尽きることはありませんが、余命わずかなこの身体では、長時間筆をとることができません。

数行書いては休み、また書いては休みの繰り返しですが、せめて貴君の便りにあった安本浩吉という人形作家のことだけは、どうしても伝えたいことがありますので、私からの遺言と思って読んでいただければ幸いです。

まず、竹下氏の件ではずいぶんご苦労されたことと拝察いたします。

お便りによると、幾度も襲う幻影を振り払いながら、数時間に及ぶ御祈祷をされたようですから、心身をすり減らすような思いをされたことでしょう。

それでも無事に人形供養を終えることができたのは、ひとえに虚実を見抜く貴君の秀でた才能と、それを下支えする、日々のたゆまざる努力の賜物です。

愛くるしい人形が人の心を操るとなれば、その内に潜むのはよほど強力な悪霊のたぐいに違いありませんが、力が強ければ強いほど、ただの人形では器の役目を果たせないことを、貴君も経験上理解できることと存じます。

竹下氏の入手した娘人形は、何十年もの間、ひび割れたり砕けることもなく、魂の依《よ》り代《しろ》であり続けたようです。それほどに強靭な器となりえたのは、やはり桐塑人形の名工といわれた安本浩吉の作品であるからだと言わざるをえません。

彼の作品は、その精巧さゆえに魂が宿ると評されてきましたが、決してそれだけではないことを私は知っています。

貴君が相対した人形には、亡くなった娘の遺髪が使われていたそうですが、おそらくは他にも爪や歯、遺灰や骨の一部などが使用されていたことでしょう。

安本浩吉の一人娘は幼い頃に行方知れずになっており、またそれと時を同じくして妻も病で亡くなっているようで、家族を失くすという悲劇を境に、彼の作品には鬼気迫る生々しさが備わったといわれています。そしてこの頃から安本浩吉は、子を亡くした親のために、本人に似せた特別な人形の制作を請け負うようになりました。この特別な人形には、故人の髪の毛、爪、歯などが使用され、素材となる桐塑に遺灰や血肉を練り込んだり、場合によっては骨の一部までも使用するという外道の手法が用いられたと噂されています。完成した人形は故人の生き写しと思えるほどの出来映えで、肌や髪は生者のように艶やかだったと、当時の記録に残されています。

私は貴君より何十年も前から人形供養にたずさわってきたので、まだ私が若い頃は、こうした安本浩吉の噂を耳にすることもありました。

ただ当時の私は、人の形をした依り代に憑くものなどは、すべからく弱く低級で、自らの才と祈祷の力があれば、祓えないわけがないと高《たか》をくくっておりました。

今から四十年以上前に、安本浩吉作の娘人形を祓ってほしいと依頼された時、数々の噂などは気にも留めず、慢心して祈祷にのぞんでしまいました。

最初にあの人形を見た時、私はなんと美しく可愛らしい娘人形だと、恐れるよりも心奪われる想いでした。ただそう思った時点ですでに、私の本質を見る目は濁っていたと言わざるをえません。

いざ本性を現わすと、人形の身でありながら結界の張られた神域《しんいき》を自在に動き回り、私の祈祷では祓うこともできず、ただただ圧倒されるばかりでした。

数時間に及ぶ祈祷でも、人形に憑いた悪鬼のごとき魂を祓うにはいたらず、それどころか壁や床に全身を激しく打ちつけて、何か所も骨折する大怪我を負いました。

砕けた左膝の痛みは生涯続き、折れた肋骨で傷つけた内臓は、定期的に機能不全を起こすようになってしまい、今患っている病も元をたどればそこに端を発するので、まさに一生ものの傷を残すことになりました。

ですから神田君の手紙に安本浩吉の名を見つけた時は、心臓が跳ね上がるほど驚きました。無理に関われば命を落とすので、貴君には伝えずに済まそうと思っていたのですが、余命わずかな状況で安本浩吉の名を聞かされた時、これも師と呼んでもらえる者の定めかと思い、覚悟を決めた次第です。

改めて、神田君にお願いがあります。

自らの失敗を託して先に逝くのは心苦しいかぎりですが、もしあの人形を見つけ出すことができたなら、当代随一といわれるまでになった貴君の腕で、あの人形に憑いた悪霊を祓い、人形供養をやり遂げていただきたいのです。

私は人形供養には失敗しましたが、全身に怪我を負いながらも、御札と祈祷で人形をとらえ、納められていた箱の中へ戻すと、そこに呪詛返しの御札を貼ることでなんとか封印しなおすことには成功しました。とはいえこれは私の力だけではなく、すでに箱へ呪詛返しの御札を貼っていた先人たちの力によるところが大きいのですが、裏を返せばこれまで何人もの者たちが失敗してきたということです。

晩年、やり残した仕事として人形の行方を調べてみたのですが、探し出すことはできませんでした。風の噂も聞かないので、おそらく竹下氏が入手した人形のように、どこか人目のつかない場所で長期間封じられているのでしょう。

安本浩吉の最高傑作といわれる人形で、名は「礼」と書いて「あや」といいます。

私の最期の願いのために、貴君へこの名を託して筆を置こうと存じます。

師と呼ばれることには恥じらいもあり、最期まで慣れませんでしたが、妻との間に子を成すこともなく、これといった趣味も持たず、職務だけに身も心も捧げる人生を送ってきた身としては、長年職務を伝授し、共に闘ってきた貴君のことは、唯一この世に残すことのできた、わが子のようなものに感じられます。

別れの挨拶は言いません。伝え残したことはもうありませんので。

神田君、これまで本当にありがとう。いつまでも、健やかにお元気で。

敬具

＊　＊　＊　＊

師が遺した最期の手紙を読み返すと、神田は目頭が熱くなってきた。

師はこの手紙を投函した数日後に永眠している。これは師の遺言も同然だ。

安本浩吉作、娘人形・礼。この名を胸に刻み込んで、必ず探し出さなくては。

神田は決意を固めると、来たるべき日の予感に全身を震わせた。

映画『ドールハウス』
出演
長澤まさみ　瀬戸康史
田中哲司
池村碧彩　本田都々花　今野浩喜　西田尚美　品川徹
安田顕　風吹ジュン

原案・脚本・監督／矢口史靖
音楽／小島裕規 “Yaffle”

製作／市川南　上田太地
エグゼクティブ・プロデューサー／臼井央
企画・プロデュース／遠藤学　山野晃
プロデューサー／深津智男
配給／東宝
制作プロダクション／ TOHOスタジオ ジャンゴフィルム

原案／矢口史靖
著者／夜馬裕

イラスト／ fracoco
カバーデザイン／横山希
本文デザイン／鈴木徹（THROB）
協力／株式会社東宝コスチューム、株式会社日映装飾美術、ジャンゴフィルム、
日活株式会社、UUUM 株式会社、ワタナベエンターテインメント、
ベレッツァ、夏目大一朗

企画／渡辺拓滋（双葉社）
編集／坂井健太郎（双葉社）相良洋一（双葉社）新見千華子（双葉社）

【プロフィール】

原案　矢口史靖

シンクロナイズドスイミングに挑む男子高校生を描いた『ウォーターボーイズ』(01) で日本アカデミー賞優秀監督賞と優秀脚本賞を受賞。『スウィングガールズ』(04) では同最優秀脚本賞を受賞した。その後も『ハッピーフライト』(08)、『ロボジー』(12)、『WOOD JOB! ～神去なあなあ日常～』(14)、『サバイバルファミリー』(17) などコメディー映画をヒットさせている。監督・脚本をつとめる映画『ドールハウス』は自身初のオリジナル・ミステリー作品。

著者　夜馬裕

怪談師 / 作家。第7回『幽』怪談実話コンテスト優秀賞、カクヨム異聞録コンテスト大賞、怪談最恐戦2020優勝 (三代目最恐位)。著作は『厭談　祟ノ怪』『厭談　戒ノ怪』『厭談　畏ノ怪』『自宅怪談』『七つの異界へ扉がひらく』ほか多数。

本作品は、映画『ドールハウス』をもとに小説化したものです。

ドールハウス
だれにもわたさない
長澤まさみ
瀬戸康史
田中哲司
池村碧彩
本田都々花
今野浩喜
西田尚美
品川 徹
安田 顕
風吹ジュン
原案・脚本・監督：矢口史靖
配給：東宝
制作プロダクション：TOHOスタジオ　ジャンゴフィルム
©2025 TOHO CO., LTD.
TOHO
6.13 Fri
この家の人形、なんか変。ゾク×ゾクのドールミステリー。

毎月10日前後発売！ 最新情報はこちらから

X
@pastel_novel

Instagram
@pastel_novel

TikTok
@pastel_novel

『今日、優等生は死にました』

九条 蓮

ノイズだらけの世界でキミを見つけた――
心震える青春ラブストーリー。

周囲とうまくやろうと同調し、優等生でいるよう努力を欠かさなかった外瀬深春。しかし高二に進級してすぐ、いじめの対象になってしまう。ボロボロにされた教科書を手に公園で途方に暮れていると、同じクラスで不良と噂の三上碧人が偶然通りかかる。この日をきっかけに、クラスでは孤立する一方、碧人との交流が深まっていく。新しい世界を知ると同時に芽生え、初めて知る感情。恋や依存――。自分らしさを見失っていた、深春が見つけ出した答えとは。

ISBN978-4-575-59003-6

『色を忘れた世界で、君と明日を描いて』

和泉あや

過去の後悔と本当の自分に向き合う
感涙必至の「青春リライト物語」!!

高校２年生の森沢和奏は、ある出来事のせいで人に意見を伝える事に臆病になっていた。彼女には佐野翔梧という幼馴染みがいて、思った事をすぐ口にする彼を和奏はいつからか避けるように。ある日の帰り道、２人が乗った電車が大きな音と共に傾き、顔を上げるとそこはいつもの教室で…。いきなり始まった同じ１日を繰り返す日々。リセットのたびにキャンバスから色が消え、視界の色彩まで変化していることに気づいて――。この現象から抜け出す方法は…!?

ISBN978-4-575-59002-9

双葉文庫

や-44-01

映画《えいが》ノベライズ

ドールハウス

2025年4月12日　第1刷発行

【原案】
矢口史靖《やぐちしのぶ》
【著者】
夜馬裕《やまゆう》

【発行者】
島野浩二
【発行所】
株式会社双葉社
〒162-8540 東京都新宿区東五軒町3番28号
［電話］03-5261-4818（営業部）　03-5261-4835（編集部）
www.futabasha.co.jp（双葉社の書籍・コミックが買えます）
【印刷所】
中央精版印刷株式会社
【製本所】
中央精版印刷株式会社
【フォーマット・デザイン】
日下潤一

ISBN978-4-575-52841-1 C0193
Printed in Japan